黄金心

——慈善行者的追梦人生

徐德泉　著

沈阳出版发行集团

沈阳出版社

图书在版编目（CIP）数据

黄金心：慈善行者的追梦人生 / 徐德泉著 . -- 沈
阳 : 沈阳出版社 , 2023.1
　 ISBN 978-7-5716-3075-1

　 Ⅰ . ①黄… Ⅱ . ①徐… Ⅲ . ①纪实文学 – 中国 – 当代
Ⅳ . ① I25

中国版本图书馆 CIP 数据核字 (2023) 第 026530 号

出版发行：沈阳出版发行集团 ｜ 沈阳出版社
　　　　　（地址：沈阳市沈河区南翰林路 10 号　邮编：110011）
网　　　址：http://www.sycbs.com
印　　　刷：三河市华晨印务有限公司
幅面尺寸：170mm×240mm
印　　　张：12.75
字　　　数：220 千字
出版时间：2023 年 1 月第 1 版
印刷时间：2023 年 1 月第 1 次印刷
责任编辑：周　阳
封面设计：优盛文化
版式设计：优盛文化
责任校对：李　赫
责任监印：杨　旭

书　　　号：ISBN 978-7-5716-3075-1
定　　　价：78.00 元

联系电话：024-24112447
E – mail：sy24112447@163.com

••• 美丽的彩虹 •••

滕非

近日，德泉将一部《黄金心》书稿电子版转发给我，托请为此书做个序，我欣然应允，于是在电脑上打开细读。书中"吴学宝"这个名字一下吸引了我。因为我在媒体上看到过有关他的新闻报道。特别是2019年他出资从北京护送因车祸而成植物人的青果姑娘去贵州休养，当时新华社、中央电视台、人民日报，以及好几个省的地方媒体都进行了报道，在全国刮起了一阵慈善旋风。我深为人间有如此大爱义举而感动不已，所以记住了吴学宝的名字。

《黄金心》一书共十个章节，记录了吴学宝的成长经历以及他从事慈善的故事，书中巨细相衔，点面映照，集腋成裘，极具吸引力。读过书稿，才知道吴学宝不只是做了护送青果姑娘去贵州休养这一件事。他向汶川地震灾区捐款捐物，坚持义务扶贫，为特教学校送炭，向希望小学捐赠教学用品，为环卫工人安装饮水机让他们在寒冷冬天能喝上热水，为残疾人捐赠轮椅让他们走进了阳光里，为失独老人举办春节联欢活动让他们战胜了孤独寂寞，十多年来资助寒门学子上学，已使70多人走进了高等学府……凡此种种，举不胜举。十多年来，他累计捐款捐物100多万元。

一个人的能力有大小，但爱心没有大小。是的，吴学宝捐款捐物不算多，然而他的执着，他的信念是值得肯定的。常言道，一个人做好事并不难，难的是一辈子做好事。我为他的这种执念而感动。

一说起慈善，人们很可能认为是富人做的事。可吴学宝并不是那种人们想象中的富人，他做慈善要靠节衣缩食。为了资助山区孩子上大学，他家吃菜都舍不得去超市买，而是从农贸市场去买那种便宜菜。他把自己的住房租赁，居住在小卖部里，床的旁边就是灶台。从这些生活细节上可以看出吴学宝克勤克俭，但当他资助别人时，却表现出了一种倾其所有的慷慨，其风范令人感佩。重要的是他的这种慷慨大方，不存一点私心杂念，不图名，不图利，不图回报，"只要你过得好"是他唯一的心愿，是"人之初，性本善"的初心使然。施不图报，真的是"一片冰心在玉壶"，让人看到了一颗"黄金心"。

从《黄金心》中我们看到吴学宝从一个慈善事业参与者,变成带动者的过程。我们看到慈善世界是一个美好的世界,这个世界到处充满了爱,充满了美好的情感。在这个世界中我们的灵魂会得到洗礼和净化,精神得到升华,我们会对未来充满希望。

从书中写作背景来看,吴学宝生在新社会,长在红旗下,经历了我们中国共产党领导人民从站起来,走向富起来,走向强起来这一历史进程。在这个历史进程中,吴学宝是见证人和当事人,他深切感受到了涛飞江上,气卷万山,历史长河的澎湃大潮;看到了风雷激荡,天翻地覆,光辉未来的灿烂朝霞。所以,他更加坚信中国共产党的领导,怀着深厚的家国情怀,孜孜以求加入中国共产党。五十七岁时他光荣地加入了中国共产党,成了一名中共党员,这正是他做慈善的原始动力。从去年开始他每年向党组织缴纳5000元大额党费,向党深情表达"听党话,跟党走"的决心。这是他热爱中国共产党的具体体现。

本书作者用白描的手法记录了吴学宝的大爱善举,少有修饰,原原本本地呈现了吴学宝朴素的慈善情怀和爱国爱党真情。写作表达方式朴拙而简明,原汁原味地呈现了生活的本真,没有丝毫夸张和粉饰,读起来真切感人,阅读时给人入木三分、力透纸背的真实和真诚。

言及慈善,人们总会想到慈善机构等大型公益组织,或者某公司、某明星捐款几百万、几千万,认为那才叫作慈善,觉得自己与慈善有距离。其实慈善就在我们身边,像吴学宝这样的慈善行者,从点滴小事做起,同样温暖人、感动人,同样能唤醒我们的爱心。

行善是温暖的,善行是美好的。"只要人人都献出一点爱,世界将变成美好的人间。"善良的心就是太阳,让我们带着一份希望、一份温暖、一份真情走向慈善,从事慈善,让爱以慈善的名义化成美丽的彩虹,高悬在我们生活的天空。我想这是作者书写的真正动机。

滕非

2022 年 金秋

目 录
CONTENTS

序章　善流长河 / 001

第一章　爱的种子 / 013

　　一、生逢新社会 / 015

　　二、一双期盼的眼睛 / 018

　　三、没有妈妈，我会幸福吗 / 020

　　四、没有痕迹的伤害 / 021

　　五、一线母爱之光 / 023

　　六、捅破窗户纸 / 024

　　七、挣脱家的引力 / 026

　　八、一首唐诗的影响 / 028

　　九、世界只有千万个"你" / 029

　　十、样板戏 / 031

　　十一、戏剧人生 / 032

　　十二、释放爱 / 034

第二章　扼住命运的咽喉 / 037

　　十三、时运大拐弯 / 039

　　十四、连夜雨 / 040

　　十五、入道特行 / 041

　　十六、生活在他处 / 043

　　十七、把握命运 / 044

十八、重树职业观 / 046

第三章 从善出发 / 049

十九、初结善缘 / 051

二十、爱洒灾区 / 053

二十一、让寒门学子不寒心 / 055

二十二、爱的宽度 / 058

二十三、节约不为自己 / 059

二十四、买菜那些事 / 060

二十五、男子汉的眼泪 / 061

二十六、给自己定下捐助任务 / 063

二十七、两封书信 / 064

二十八、贫困的隐情 / 065

二十九、见不得别人受穷 / 066

三十、为了三个孩子的明天 / 068

三十一、帮一个是一个 / 069

三十二、长大了 / 070

三十三、希望小学有希望 / 071

三十四、帮帮人心里舒坦 / 073

第四章 特别的爱给特别的你 / 077

三十五、一件羽绒服的温度 / 079

三十六、春节时的感动 / 080

三十七、让爱坐上轮椅 / 082

三十八、洪水见真情 / 083

三十九、牵挂也是一种慈善 / 084

四十、一杯热水的温暖 / 087

第五章　跨越半个中国去送你 / 089

四十一、出车祸的花季少女 / 091

四十二、昙花一现的转机 / 092

四十三、再度生死劫 / 094

四十四、含泪奔跑在女儿的康复路上 / 097

四十五、为了女儿选择蹦极 / 099

四十六、母爱与慈善接力 / 101

四十七、大爱义举获正能量奖 / 104

第六章　洒向人间都是爱 / 109

四十八、两吨煤温暖残障儿童 / 111

四十九、自觉担当 / 112

五十、爱的张力 / 113

五十一、捐赠垃圾箱 / 113

五十二、走向防疫一线 / 115

五十三、爱心献给抗疫记者 / 117

第七章　扶贫路上 / 119

五十四、绿色的希望 / 121

五十五、帮扶南文都村 / 124

五十六、特殊礼物 / 127

五十七、大山中的风景线 / 129

五十八、种下"夫妻"林 / 130

五十九、榜样的力量 / 133

第八章　家国情怀 / 135

六十、愿望 / 137

六十一、入党申请书 / 138

六十二、送礼 / 140

六十三、心中不熄的火种 / 141

六十四、至死不渝的追求 / 142

六十五、向英雄致敬 / 145

六十六、铭记党的恩情 / 147

六十七、血染的风采 / 149

六十八、国旗红 / 151

第九章　爱的影响力 / 155

六十九、只想看看你 / 157

七十、立人达人 / 158

七十一、传递爱 / 160

七十二、精神的火焰 / 162

七十三、为改变而奋起 / 165

第十章　永远跟党走 / 167

七十四、心中有歌唱给党听 / 169

七十五、心简单，世界就是童话 / 171

七十六、永远的心愿 / 173

七十七、白天的星星 / 177

七十八、没有结尾的尾声 / 179

后记　生命的方向 / 187

我看见的金子
深藏在"真金不怕火炼"的警句中
闪闪发光
蕴含的真知灼见
价值连城

身着黄澄澄的高贵
但敢与沙子一起去流放自己
气质与风度决不褪色
质地永远响亮
积淀的真理
如日月一般辉煌

有人总喜欢用金子装饰自己
金项链、金耳环、金手镯、金手表应运而生
但我常常面对这种生活叹息
我总是想在红尘中追寻一颗金子一样的心

—— 题记

吴学宝在商会党支部办公室工作

序章　善流长河

世界上有两种光芒最美丽耀眼，一种是阳光，一种是奉献精神。

最能体现奉献精神的要数做慈善，慈善贯穿了人类历史。

中华民族是一个热情仁爱，乐善好施的民族，关于慈善的概念，古已有之。在中国传统文化典籍中，"慈"是"爱"的意思。孔颖达疏《左传》有云："慈者爱，出于心，恩被于业。"又曰："慈为爱之深也。"

"慈"，是指长辈对晚辈的关爱，所以有"上爱下曰慈"之说。《国语·吴语》中"老其老，慈其幼，长其孤"的"慈"就是这个意思。许慎的《说文解字》中也有解释道："慈，爱也。"它尤指长辈对晚辈的爱抚。

"善"的本义是"吉祥，美好"，即《说文解字》中所解释的"善，吉"，后引申为和善、亲善、友好，如《管子·心术下》中所说的"善气"二字合用，也有"仁善""善良""富于同情心"的意思，如《北史·崔光传》中所讲的"光宽和慈善"。

对于什么是慈善，中华慈善总会创始人崔乃夫有极为精辟的概括：什么叫慈呢？父母对子女的爱为慈。讲的是纵向关系。如"慈母手中线，游子身上衣"。什么是善呢？人与人之间的关爱为善。讲的是横向的关系。什么是慈善呢？慈善是有同情心的人们之间的互助行为。崔乃夫会长以纵横的关系，深刻地勾画出了慈善事业的全部活动和真谛。

慈善一词翻译成英文为"philanthropie"，源于古希腊语，这个词是由"philein"和"anthropos"两个词组合而成的，这两个词是什么意思呢？"philein"就是"爱"的意思，"anthropos"就是"人"的意思，本意为"人的爱"，大约从公元十八世纪开始使用。还有一词"charity"也是"慈善"的意思，该词出现的历史较为久远，可以追溯到公元前，其本意为"爱"的意思。

也有近代人给慈善下了如此的定义：怀有仁爱之心谓之慈，广行济困之举谓之善，慈善是仁德与善行的统一。

中国的慈善思想源远流长，先秦时期的诸子百家对此都曾有过精辟的论述。譬如，老子在《道德经》中说："上善若水，水善利万物而不争。"孔子曾说道："老者安之，朋友信之，少者怀之。"孟子曾说："老吾老以及人之老，幼吾幼以及人之幼。""出入相友，守望相助，疾病相扶持。"

中国自古以来就有"慈善"的传统，早在西周时期，周王在中央行政官职中已设立地官"司徒"一职。

据《周礼·地官》记载，周王在中央行政官职中，设立地官司徒，助其教化国民，安定天下。有现代民政部部长部分职能的司徒，为做好民政工作要采取 6 项措施，即"以保息六养万民：一曰慈幼，二曰养老，三曰振穷，四曰恤贫，五曰宽疾，六曰安富"。

所谓"慈幼""养老""振穷""恤贫""宽疾""安富"，用现代话来说，就是关爱儿童、老有所养、救济穷困、抚恤贫苦、优待残疾、安抚富人，这些正是现代慈善概念中的具体内容。

在古代，慈善活动主要由朝廷来带动，灾荒时期所采取的社会救济手段，被称为"荒政"。到春秋战国时期，各诸侯国都很重视慈善工作。如"春秋五霸"之一的吴王阖闾，《左传·哀公元年》记载，每次发生天灾瘟疫，他都会亲临灾区，看望民众，安抚孤寡，资助贫困。

春秋战国时期的民间慈善活动比较简单，行为之一是直接在路边给需要救助者提供饭食，所谓"施粥"。施粥赈饥虽然简单，却是最受欢迎的一种慈善行为，为中国历代所继承。

东汉末兴平元年（公元 194 年）秋，京畿大旱，灾民遍野。《后汉书·献帝纪》记载，当时的皇帝刘协（献帝），便安排身边大臣侯汶，"出太仓米豆，为饥人作糜粥"。

民间施粥更为常见，过去俗称"吃大户"。如北魏太和七年（公元 483 年），冀州和定州二州闹饥荒，地方贤良人士"为粥于路以食之"。《魏书·孝文帝本纪》记载，此举救活了数十万人。

一直到晚清，放粮施粥都是中国古代慈善家的首选。现代拍摄的清宫戏中，不时会有大善人，支起大铁锅熬粥赈济灾民的镜头。

中国古人有自己的一套慈善理念，《礼记·礼运》中是这样说的："故人不独亲其亲，不独子其子，使老有所终，壮有所用，幼有所长，矜（鳏）、寡、孤、独、废疾者皆有所养。"这句话的大概意思是，人们不能仅奉养自己的父母，养育自己的孩子，而是要让天下的老年人都能享受其晚年，青壮年能为社会效力，儿童能顺利地成长，年老的鳏夫、年迈的寡妇、孤儿、无子老者、残疾人都能得到社会的关爱，这样才算"大同社会"。

"养疾之政"，是古人做慈善的又一主要内容，给包括灾民在内的老、弱、病、残等弱势群体，提供基本的医疗服务。如西汉元始二年（公元 2 年），不少地方发生旱灾，并发蝗灾，随之暴发疫情。《汉书·平帝纪》记载，当时朝廷采取的办法是，"民疾疫者，舍空邸第，为置医药"。虽是防疫情扩散的一种隔离措施，事实上也是慈善行为。

到了南北朝时期，民间慈善活动更为活跃。当时最著名的慈善家之一、南朝齐竟陵王萧子良开仓赈灾，《南史·齐文惠皇太子传》记载，他还与文惠皇太子萧长懋一起，创办了"六疾馆"，专收贫病不能自立的人，即"立六疾馆以养穷民"，时间在公元五世纪末六世纪初。

"六疾"语出《左传·昭公元年》，泛指多种疾病。"六疾馆"被现代慈善界认为是中国最早的慈善机构之一。之前的刘宋朝，已颇重视社会救济工作，《宋书·明帝纪》记载，泰始元年（公元 465 年），刘彧（明帝）刚当上皇帝即下诏，"鳏寡孤独，癃残六疾，不能自存者，郡县优量赈给"。

稍后的北魏也有善举。《北史·魏本纪第四》记载，永平三年（公元 510年）十月，皇帝元恪（宣武帝），"诏太常立馆，使京畿内外疾病之徒，咸令居处"。

搞慈善需要有足够的经济实力，这是古今公认的。那么，古代做慈善的资金从哪来？从史料来看，与现代一样，古代慈善资金主要来源于国家财政拨款和民间捐款。

古代民间做慈善最活跃、最热心的人群是出家人。佛教的宗旨是普度众生，行善济人，投身慈善活动也是出家人的必然选择。上面提到的中国最早慈善机构"六疾馆"，其创办人竟陵王萧子良和文惠太子萧长懋都崇信佛教。

运作最成功、影响最广的佛教慈善机构，是唐代的"悲田养病坊"。佛教有"五福田"一说，"悲田"即其中之一田，主要用来布施贫病孤老，"悲田养病坊"的名称因此而来。

在唐朝，悲田养病坊遍及各地。其经济来源，早期靠信众的奉献和寺院自有田产的收入。由于悲田养病坊具有良好的社会救助功能，对解决民生问题、维护社会稳定作用明显，因此朝廷十分重视，主动介入管理。

朝廷介入以后，由国库提供的资助成为悲田养病坊的一大经济来源。这方面的资助包括生活资料的援助，提供粮食、救灾杂物等。《新唐书·百官志四上》"左右金吾卫"条中，便有送给养病坊敝幕、故毡的记载；李漼（懿宗）当皇帝时，还给各州县的病坊"赐米"。另一大经济来源是官方直接投资、划拨田产。李隆基（玄宗）当皇帝的开元年间，便实行"官置本钱收利给之"的做法，使悲田养病坊的"现金流"有了保证。

尽管悲田养病坊这一慈善机构在唐后期因"灭佛"运动的出现而风光不再，但其对以后中国慈善事业的影响相当深远，五代的"悲田院""养病院"，宋代的"福田院""安济坊"，金代的"普济院"，明清的"养济院"等慈善机构，都受到了悲田养病坊慈善模式的影响。

与官方投资相比，募集和民间捐献，则一直是古代慈善机构和福利组织最为稳定的经济来源，它不只可避免官方投入易受执政者好恶的限制，而且可以影响整个社会，调动全社会的力量参与，特别是遇到大灾大疫、官府财力不足时，民间经济来源便显得特别重要。

古代官方慈善工作做得最好的应该是宋代。宋代在各个领域都出现了相应的慈善组织，收养乞丐、残疾人和孤寡老人有"福田院""居养院"；病有"安济院""惠民药局"；离世有"漏泽园"；儿童有"举子仓""慈幼局"……这些都是官办性质的慈善组织和福利机构。

由于官府鼓励民间参与慈善活动，所以出现了不少由私人主持的有一定规模的慈善机构。如著名理学家朱熹，曾在建宁府崇安县开耀乡创设"社仓"，备荒救灾，地方政府拨给一定的平价粮，由乡间人士负责经营管理。

"先天下之忧而忧"的范仲淹，则在苏州创设"义庄"，置良田十余顷，将每年"所得租米，自远祖而下，诸房宗族，计其口数，供给衣食及婚嫁丧葬之用"。刘宰、黄震、真德秀等中国古代著名的慈善家都是宋代人。

到了明清时期，民间慈善组织进一步壮大，几乎涉及所有社会领域。当然，这与其经济来源较为充足也有很大关系。

捐助是明清慈善组织的主要经济来源，与唐宋时期由官方主导的慈善活动区别明显。而且，这一时期慈善经费来源的渠道丰富，特别是到了清代，捐助慈善活动成为一种社会风气，参与群体广泛，当官的捐养廉银，士绅捐房产，地主捐田地。

明清时期，社会上以"会馆"形式出现的各种新型互助救济组织，则直接推动了民间慈善事业的大发展。

会馆，是一种地缘性、行业性十分明显的乡帮组织，其开馆目的是"答神麻、笃乡谊、萃善举"。说白了，会馆就是老乡和同业者的互助平台，其作用突出表现在捐资助学、助丧、施医、济贫诸方面。如清代福建人陈宗蕃在北京创设的"福建同乡会馆"，开宗明义为"乡中试子来京假馆之所，以恤寒而启后进也"；徽商所开设的会馆还常附设"殡舍""义冢""义庄"，为死者、病者提供免费服务。

明清慈善活动的经济来源，除了个人自愿捐资方式，还有"分摊集资"和"抽取提成"两种较为常用的办法。

分摊集资好理解，就是入会者平均摊捐款项。而抽取提成，则是根据各入会者生意和收入的大小、多少而定，如清光绪三十二年（公元1906年），苏州"石业公所建立学堂兼办善举"，其常年用款便是采取抽提的办法，由17家石作坊议定，"每做一千文生意，提出二十文；每工一日，捐钱四文"。

需要说明的是，古代有不少时候的捐款都带有强制性质，对不能及时捐付款项者有"罚款"的规定。如清嘉庆二十二年（公元1817年）北京药行议定：每年正月初一要准时到会馆交银钱，"毋得迟延。如午刻不到，罚银二两"。

由此可见，慈善贯穿人类发展史，慈善推动了人类文明进步。

乾坤扭移，沧桑历尽，新中国慈善事业于磨难中成长，于积淀中博大。恩润所至，春风化雨；光明所达，春暖花开。

中华人民共和国成立之初，政府对旧有慈善团体的政策呈现为阶段性特点，社会慈善事业也由此处于动态变化之中。直至1956年，政府对旧有慈善团体实施社会主义改造，完全接管接办，慈善事业才转变为以政府主导与支配的方式继续存在。

1951年前，全国大多地区民间慈善团体的救助活动主要以散赈为主，如施棺、施医等。尽管规模很小且随意性大，却也在一定程度上体现了民间慈善团体更能体察百姓需要与补充政府救助漏洞的突出特征。由于历史的局限，其未能走向社会保障体系有益补充的概念与运行模式。在社会政治、经济与文化巨大变迁的背景下，中国慈善选择了由政府统管民间慈善团体及慈善行为的政策制度，并为之打上鲜明的时代烙印。

雷锋精神对中国人民做慈善有精神指向作用。1963年3月5日，《人民日报》发表毛泽东题词"向雷锋同志学习"。同年3月，邓小平为雷锋题词："谁愿当一个真正的共产主义者，就应该向雷锋同志的品德和风格学习。"1990 年 3 月 5 日，江泽民为雷锋题词："学习雷锋同志，弘扬雷锋精神。"1993 年 3 月 4 日，胡锦涛在"纪念毛泽东同志等老一辈革命家为雷锋同志题词 30 周年大会上"指出："雷锋这个光辉的名字和他崇高的精神品格，在历史发展中始终焕发着光彩。"2013 年 3 月 6 日，习近平参加十二届全国人大一次会议辽宁代表团的审议时强调："雷锋精神的核心是信念的能量、大爱的胸怀、忘我的精神、进取的锐气。"

1978 年 10 月，共青团中央在全国组织开展"学雷锋、树新风"活动，上百万青少年走上街道，维护公共秩序，打扫环境卫生，为群众服务，帮群众解忧，在全社会营造了倡导文明、助人为乐的时代新风。

1989 年 10 月，社会参与度最广、影响力最大的中国民间公益慈善品牌"希望工程"正式启动。1990 年 9 月 5 日，引领中国改革开放大潮的邓小平为"希望工程"题名。

2004 年 9 月，党的第十六届中央委员会第四次全体会议通过《中共中央关于加强党的执政能力建设的决定》，提出"健全社会保险、社会救助、社会福利和慈善事业相衔接的社会保障体系，构建社会主义和谐社会"。这是新中国成立后"慈善事业"首次被写入中共中央文件。

2005 年 3 月，第十届全国人大第三次会议《政府工作报告》提出"支持发展慈善事业"。这是"慈善事业"首次被写入政府工作报告。

2005 年 11 月 20 日，新中国成立以来首次全国性慈善大会——中华慈善大会在京召开。受胡锦涛、温家宝委派，回良玉发表讲话，进一步向全社会发出党和政府支持慈善事业的信号，向公众发出积极投入慈善事业的号召。

2007 年 10 月，党的第十七次全国代表大会上，"慈善事业作为我国保障体系的重要组成部分"被正式写入十七大报告。

2012 年 11 月，党的十八大报告明确提出"支持发展慈善事业"，将慈善事业与社会救助体系、社会福利制度和优抚安置工作置于同一层面。

2014 年 10 月，党的第十八届中央委员会第四次全体会议通过《中共中央关于全面推进依法治国若干重大问题的决定》，明确提出要完善"慈善"等方面的法律法规，使中国慈善立法进入"快车道"。2016 年 3 月 16 日，中华人民共和国首部《中华人民共和国慈善法》获得第十二届全国人大四次会议表决通过，同年 9 月 1 日，《中华人民共和国慈善法》正式实施。

2017 年 10 月，党的十九大报告为新时代慈善事业赋予了新使命、指明了新目标、绘制了新蓝图，即通过慈善行为进一步平衡地区差异、城乡差距和贫富差距，通过慈善力量补充社会保障体系，促进教育、科学、文化、卫生、体育、环保等领域的全面发展，充分肯定了慈善事业在国家治理体系中的重要性。

中国当代慈善事业的兴起与壮大是随着改革开放的进程实现的。20 世纪 70 年代末，泱泱中国开启了伟大的改革开放，经济体制从计划经济走向市场经济，政府逐渐放权于社会民间，使慈善组织与慈善事业的成长及运作空间变得更加广阔明朗，实现了慈善文化的历史性回归。改革之风从许多官方非营利组织开始，这些组织从政府手中接过许多社会管理职能，担当起社区建设与社会福利等工作。伴随现代公民意识的不断普及与提升，社会福利、社会保障与民间救助等事务纷纷被提上议程，一个具有划时代意义的公民社会景观逐渐显形，进而，全民慈善理念、志愿服务精神以及相关实践渐成趋势，中国慈善迎来了属于自己的春天。

进入 21 世纪，中国经济持续腾飞，公益慈善从理念到实践更加丰富，大小基金会与公益慈善组织着手建立并付诸行动，向社会各个领域伸出援助之手。随着更多具有实力与效力的爱心企业的加入，一方面，贡献了慈善资源，更拓展了慈善渠道，使社会捐赠连年增长；另一方面，使志愿服务更加深入人心，公益行为更加深入民众，众多草根慈善人物及志愿者组织如雨后春笋般在民间沃土生长。如此强大的社会力量始终都在积淀、酝酿，终于在 2008 年汶川大地震赈灾活动中爆发出来，一举使慈善款物捐赠超过上年 3 倍，志愿者队伍增至 1500 万人，无数非政府组织参与抗震救灾。由于这次中国慈善力量井喷式的爆发，2008 年被人们普遍称为"中国民间公益元年"。

历史的脚步不断向前，时代的内容不断出新。伴随互联网公益、互联网慈善的兴起，公益慈善无论内容抑或方式也在发生深刻而丰富的变化。互联网促使社会筹募方式更加系统化、多样化、便捷化、透明化，使中国慈善事业演进成为一项全体互联、多方关注的社会系统工程，更加全面地体现了慈善事业为国家分忧、为百姓解困、为社会稳定、为民生发展的宗旨与功能。

法国著名作家雨果说："善良的心就是太阳。"在新中国慈善大潮浪花翻卷中，笔者摘取其中一朵浪花，它虽然小，但它绽放了慈善的美丽芬芳，释放了爱的能量，向社会传递了爱的温暖，放射着爱的光华。

他在 2008 年汶川地震时，第一次向灾区人民捐款 5000 元，从此心怀执念踏上了慈善之路。虽然自己节衣缩食，也要坚持做慈善，十多年来资助寒门学子，已使 70 多人走进了高等学府；他坚持多年善行善举，累计捐善款 100 多万元；他连续 7 年国庆节期间在 2 公里长的街道上悬挂国旗，以表达对祖国的赤子之心；他坚信中国共产党的领导，孜孜以求进步，57 岁时如愿以偿光荣加入中国共产党……沧海一粟，他虽是一个普通得不能再普通的人，但他的善行善为让人感佩有加，从他身上折射出的中华民族传统美德是那样历久而弥新；他向社会散发的良善爱意，像阳光一样温暖而朴素，让社会见证了他的人性光辉；他如向日葵一样热爱党，热爱祖国，更让我们看到他家国情怀和崇高的共产主义信仰。

　　他只是春天里的一片绿叶
　　却让鲜花绽放了袭人的芬芳
　　他只是草叶上的一滴露水
　　却反映出了太阳七彩的光芒
　　他只是沙漠中的一粒细砂
　　却彰显了大漠无垠的坦荡
　　酸甜苦辣，他用年轮书写了平凡
　　风霜雪雨，他用岁月印证了沧桑
　　春夏秋冬，他用生命记录了高尚
　　……

这个人叫吴学宝，年过花甲，人们都说他有一颗金子般高贵的心。

在慈善路上他特立独行，如一枝寒梅傲立雪中。写到这里，笔者便轻轻哼起了一首老歌：
　　真情像梅花开放
　　冷冷冰雪不能淹没
　　就在最冷
　　枝头绽放
　　看见春天走向你我
　　雪花飘飘北风萧萧

天地一片苍茫

一剪寒梅

傲立雪中

......

　　我想象着一树寒梅傲立雪中的精彩与美丽，我想象着寒梅在最冷的枝头绽放，它要为之饮尽多少酷寒与寂寞，承受多少风霜与凄冷呢？

　　独自轻轻哼唱歌曲，我的心里，不禁盈满了泪水，它们热热地、缓缓地涌上我的眼眸，在晶莹的热泪中，看到吴学宝这枝寒梅，正又笑又泪地灿然绽放在我的眼前。于是，我用文字走近他，我的手指开始在键盘上充满激情地舞蹈，我的心，向着他那傲雪挺立的精神家园一点一点靠近。

第一章　爱的种子

爱是阳光、空气和水。爱是人类繁衍生存的养分。爱是人生的基石，爱是人生的支柱。

爱是黑暗里的一点星光，照亮别人也照亮自己；爱是春天的雨滴滋润别人也滋润自己。

爱是一朵小花，给世界呈现一点美丽；爱是太阳，普照大地而滋生万物。

爱是纯洁的莲花，濯清涟而不妖；爱是寒冬的蜡梅，长三九而不惧。

爱是人与人接通的心电，爱连接着你我，连接着世界；爱是深涧中的幽兰，于无声处将沁香弥漫，浸润我们的心田。

生逢新社会

风雷激荡，天翻地覆。1949 年伟大领袖毛主席在雄伟的天安门城楼向全世界庄严宣告：中国人民从此站起来了。历史长河的澎湃大潮，将中国推上了百废俱兴的发展历程。1953 年，国家开始实施第一个国民经济五年计划，全国拟定了 156 项国家重点建设项目，河北省政府和位于天津的华北纺织管理局先后到河北各地选址考察，综合分析水源、地质、气象、原料、交通、能源等方面因素后，决定在石家庄建设纺织工业基地。

河北省是我国的一个老产棉区，解放后，当时的原棉产量已占全国产量的五分之一左右。石家庄市由于交通便利，是全省的原棉集散地，纺织原料充足，所以在这里发展纺织工业，有着得天独厚的优势，对改善全国纺织工业的布局，解决全国人民的穿衣问题，有着非常重大的意义。从 1954 年到 1955 年 9 月，石家庄建成了华北地区最大的纺织工业基地，纱、布产量仅次于上海、天津，居全国第三。石家庄纺织工业基地见证了河北轻工业发展的奇迹，承载了半个多世纪的辉煌与荣耀，成为一座城市的永恒记忆。

为了加速石家庄棉纺织工业基地的建设投产，天津派出了一批工作经验丰富的技术人员和熟练工人加入石家庄市五大棉纺厂工作。

1955 年 10 月的一天，从天津开往石家庄的火车上有一家人，其中有父母和三个儿女，这五人就是吴学宝的爷爷奶奶、父亲及两个姑姑，随着大批天津籍技术员和熟练工人一起来到了石家庄。

当时，父亲是技术员，后来分配到了石家庄国棉四厂工作。吴学宝父亲年轻帅气，业余喜欢唱歌和杂技。在棉四有一女子文静娴雅，是天津棉纺厂派来的技术工人，因为是独生女儿，父母视为掌上明珠，虽然那时人们生活还很困难，但她从小过着衣食无忧的日子。然而，从天津来到石家庄后，她却要独自面对无依无靠的处境，生活落差使她整天郁郁寡欢。当时的石家庄还是一座小城，物质和环境远不如天津，从天津来的大多数人深感生活不适，何况一个单身女子。有好心人见小姑娘生活孤苦无助，就给吴学宝父亲介绍。一个阳光帅气，一个文雅娴淑，在人们眼里是郎才女貌，天生一对。两人见面之后，觉得情投意合，很快便坠入了情网。

两人一同进入了花前月下的日子，吴学宝的母亲结束了形单影只的生活。虽然那个年代没有什么娱乐，但吴学宝的父亲有天生的好嗓门，当两人下班的时候，父亲就给母亲唱歌或者是表演杂技，逗得母亲特别开心。吴家人更是对未来的吴家儿媳善待有加，有好吃的都叫上她从厂里的单身宿舍过来吃，哪怕是家里吃一次素包子都要叫上她。不是一家，胜似一家。吴学宝的母亲感到了家庭的温暖与关爱，心情也开朗明亮起来，她总是脸上春风拂面，阳光灿烂，真的有些乐不思蜀了，完全沉浸在爱情的甜蜜与家庭的温情中。天津老家人得知独生女儿找了一个工程师，人又帅气。加上吴家是整个家都搬到了石家庄，感觉家庭完整而美满，也就爽快同意了。两人恋爱一年多，两家人一商量就准备儿女结婚的事，让他们喜结连理。

那个年代结婚，其实很简单。两个人的私用物件搬在一起，请亲戚朋友们吃完喜糖就算结婚了，没有要彩礼和复杂的礼节。

当时吴家分有两间筒子楼，厨房和厕所都是公用的。吴家只好让姐姐与父母住一间屋，把另一间屋腾了作为吴学宝父母的婚房。在工友们的帮衬下，大家买了些彩纸，铰成了纸花，用了些旧报纸把墙壁糊了一下，一间破旧的屋子变得有了温度和感情，成了两个人的婚房。

结婚当天是星期天，那时工人们每个星期只休息一天。虽然棉纺厂都是倒班制，厂里不停工休息，但是吴学宝父亲还是选择了工友们休息人数较多的一天结婚的。那天，来了二十多个人，家里买了几斤糖果、水果和花生。那天，虽然吴学宝的父母没有特意打扮，但两人着装干干净净，如同两只素雅的瓷瓶，端庄大方，人生爱慕。一对新人就在工友们的欢声笑语热情洋溢中步入了婚姻殿堂。一对新人带着生活的美好憧憬，走向幸福的未来。

婚后，小两口出入成双成对，形影不离，像春天原野里的两只蝴蝶，自由自在。初婚的甜蜜充满了二人世界的空间和时间。没多久母亲怀孕，父亲本应对母亲更加体贴照顾，然而父亲因厂里国家新下了一批生产计划忙了起来，渐渐陪母亲的日子也少了许多。

有一天，天津老妈过来看女儿，无意间看到了女儿的生活现状，说吃住条件太差，嫌吴家没有好好照顾女儿，两亲家你一言我一语，红了脸，老妈一气之下回了天津。从此，两家起了隔阂。

1958年冬天吴学宝出生了。

吴学宝的母亲是家中的独生女，因为父母从小娇生惯养，本来自己生活都打理不好，生了吴学宝后家务事增多，使吴学宝的母亲一下难以应付，那时棉纺厂正在建设时期，父亲每天要忙于工作，又帮不上母亲，两人为家务事经常吵架，母亲怪父亲不顾家，父亲嫌母亲不会带孩子。随着矛盾升级，娘家人说父亲欺负母亲，娘家要是来了人，吴学宝的母亲总是有诉不完的苦。其实是自己生活能力有限，但她一诉苦，娘家人觉得婆家薄待了她。加上母亲特别恋家，时常挂念天津的老人，因此夫妻俩的关系失去了往日的和谐和甜蜜，结婚时人们眼中两只高端大气的瓷瓶在生活的碰撞中，裂痕越来越大，随之两个人的矛盾渐渐演化成了两个家庭的矛盾。在娘家人的放纵和怂恿下，母亲一气之下想带着吴学宝回老家天津生活，吴家长辈又不同意，由于两个家庭成员介入两个年轻人的婚姻，母亲娘家人觉得母亲受欺负了，两家不可调和的矛盾直接导致了小两口离婚。当时吴学宝才九个月大。

两只瓷瓶彻底破碎，互相划伤，累累伤痕，形成了结痂人生。

父母离婚后，母亲想把吴学宝带回天津抚养，可爷爷奶奶认为吴学宝是吴家的一脉香火死活不同意，两家为争夺抚养权又进行了一段时间激烈争斗，多次发生家庭式冲突。

吴家便把吴学宝藏在大姑家偷偷养着，那个年代国家还很贫穷，物资稀缺，不好买奶粉，大姑和爷爷奶奶只好给吴学宝喂米糊糊。吴学宝生命力表现出奇迹般顽强，在大人们的精心照顾下，早早断奶的他渐渐长大，开始牙牙学语。街坊邻居是人见人爱，谁没事时都抱抱他，感受他的天真无邪。

以前因生活琐事产生的分歧和矛盾经日积月累，使吴学宝的父母在离婚之后仍不能互谅互让，以至于几次母亲从天津来到石家庄想看看吴学宝，都被吴家人严词拒绝了。吴学宝长到两三岁时也从未见过母亲。

其实父母都爱着宝贝儿子，只是他们表达爱的方式偏激，这种偏激当时对不谙世事的吴学宝而言看起来没有任何伤害，却将小小的生命置于爱的荒原之中，他们都不知道这为吴学宝的今后人生植入了伤痛之根。

一双期盼的眼睛

沐浴着亲情的阳光雨露，吴学宝渐渐长大，到了上幼儿园的年龄。1962年9月，他被爷爷奶奶送进了一家幼儿园。

第一天，当爷爷奶奶带着被褥把他领到幼儿园后，办完了入园手续，爷爷奶奶要离开时，吴学宝一下扑到了奶奶怀里，撕心裂肺地哭喊，一个劲儿地叫奶奶不要走，哄了半天，吴学宝还是大哭不止。看到他哭得厉害，幼儿园的阿姨也没办法，无奈之下，只好叫奶奶带着他回了家。

回到家里，爷爷奶奶对他耐心地讲了上幼儿园的好处，告诉他幼儿园有好多小朋友可以一起玩耍，用好吃的好玩的哄他说，上了幼儿园天天都能有这些好吃的好玩的，可他还是不情愿。下午，爷爷奶奶正在开导吴学宝时，奶奶见到了同楼的小明妈妈，问她家孩子是不是上幼儿园了，小明妈妈说上了，正好是吴学宝想要去的那个幼儿园，于是，奶奶带着吴学宝一起来到小明家，让小明给吴学宝讲幼儿园的事。小明是个爱说的孩子，大人们问了许多幼儿园的事，小明小嘴甜甜地滔滔不绝讲个没完没了，他告诉吴学宝，阿姨们给他们做了什么好吃的，陪着他们做了什么游戏。小明的亲身经历，似乎对吴学宝有所触动，让小小的吴学宝对上幼儿园产生了很大兴趣。

第二天，爷爷奶奶找到了小明妈妈，带着吴学宝和小明一同走进了幼儿园。这次吴学宝在小明的陪伴下，大胆走进了幼儿园。上幼儿园给吴学宝打开了另一扇观察世界的窗口，他看到了宽敞的教室，墙上花花绿绿的绘画，还有多种多样的玩具……当天下午放学时，爷爷奶奶接上他后，他与小明争相讲述幼儿园的乐事。

一个多月时间过去了，吴学宝适应了幼儿园的生活，也喜欢上幼儿园了。

然而，有一天，园里阿姨们给孩子上绘画课，先给孩子们读了一篇文章，叫《我的妈妈》。之后叫小朋友们描述一下自己的妈妈，孩子们天马行空地说着各自的妈妈形象，有的说妈妈漂亮，有的说妈妈穿着花衣服……大家说得不亦乐乎。轮到吴学宝时，他站起来，半天不说一句话，在阿姨催问下，他才怯生生地说："我没有妈妈！"。话一出口，引起了小朋友们哄堂大笑，有个多事的孩子居然站起来说："谁没有妈妈啊，那是谁生的啊？"。幼儿园阿姨吃了一惊，也一时无言以对。

下午放学，当爷爷奶奶去接孙子时，幼儿园阿姨向爷爷奶奶问到了吴学宝妈妈的事，他们只得一五一十讲了。晚上幼儿园的阿姨去了吴学宝家，让吴家人配合他们做工作，统一口径，就说妈妈到很远的地方工作了。第二天，吴学宝再次走进幼儿园，当班阿姨一说起吴学宝，就亲切友好地对他说，我们昨天去你们家问你爸爸了，你爸爸说你妈妈去很远的地方工作了，只是爸爸妈妈暂时没有住在一起，你和爷爷奶奶还有爸爸在一起住，妈妈会很快来看你的。吴学宝半信半疑看着阿姨，阿姨怕他不信，说不信你晚上回家问你爸爸。当天放学后，爷爷奶奶如期而至，阿姨当着吴学宝的面问爷爷奶奶："妈妈去哪里了？"爷爷奶奶配合着说："宝宝妈妈去很远的地方工作，挣钱给宝宝买玩具车啊。"这次吴学宝信以为真，高兴地说："妈妈挣了钱，肯定给我买个大玩具车。"吴学宝眼里充满了希望。在之后的日子里，他不仅爱上幼儿园，而且主动接触阿姨，还主动谈一些关于妈妈的事，相信自己不久就会见到远方的妈妈。

时光荏苒。吴学宝从小班到了幼儿园大班了，吴学宝四岁多了还是没有见到妈妈。虽然妈妈从天津多次到石家庄想见他，但都被吴家大人们断然拒绝了，当时只要妈妈来了石家庄爷爷奶奶就叫爸爸把吴学宝藏到姑姑家寄养，用分离母子的方式惩罚妈妈离婚的错误，这样一来，虽然惩罚的目的达到了，但深化了骨肉分离的痛苦。为见到儿子，妈妈与爸爸两家人每次都吵吵闹闹，惊动了筒子楼里的左邻右舍，让同龄的孩子们都知道了。

有一天，在同一幼儿园的小明告诉吴学宝说："你妈妈前两天来找你了，我怎么没有看到你和妈妈在一起呢？你到哪里去了？"吴学宝听说妈妈来见他，大人们就带他去姑姑家住，事后他问起爸爸、爷爷和奶奶时，大家都一起否认妈妈来过，但聪明的吴学宝从大人们闪烁其词的话语中，感觉到了有什么异样，但又说不清楚。

想见到妈妈的想法，像一个小小的秘密深深地藏在吴学宝幼小的心灵中。

没有妈妈，我会幸福吗

吴学宝4岁时看上去比同龄孩子更加独立和懂事。其实这种独立性格的养成，与他缺失母爱关系很大。在成长的过程中，看到别的孩子有妈妈接送，别离时那种拥抱和恋恋不舍，吴学宝特别向往，他在心中千次万次呼唤：妈妈你什么时候能接送我上学，哪怕一个月只有几次都行。可是，吴学宝哪里知道，家中的大人是绝对不允许妈妈来接送他的，甚至连探视的机会都不给，这种矛盾是不可调和的，至少短时间内不可能化解。想妈妈接送他便成了他的人生奢望。

虽然，每次当吴学宝问起妈妈什么时候回来，家中爷爷奶奶和爸爸都对他说：快了！快了！可随着时光流逝，妈妈像遥遥无期远在天边的星辰，只是在他心里闪烁着的一点光亮，令他感觉不到温度，遥不可及。当他一个人独处时，他恨不得长出翅膀，飞到妈妈身边，虽然他不知道妈妈具体在哪里。

那段时间，爸爸又处了一个对象，更是顾不上接送吴学宝上幼儿园了，接送任务全部落了爷爷奶奶肩上。每次爷爷奶奶接送他的时候，他看到别的小朋友都奔向爸爸妈妈的怀抱，他总是别有一种滋味在心头，总是感到爷爷奶奶给他的是另一种爱，与别的小朋友不一样，他需要妈妈接送的感觉。以至于他常常悄悄地问自己："没有妈妈，我会幸福吗？"

母爱的缺失，爷爷奶奶的溺爱，在吴学宝的童年时光里形成了强烈的反差，他想要找回母爱，但年纪尚小的他一时想不出办法。

一天，班里有位小朋友问他说："怎么不见你妈妈来接你？"这敏感 问触及吴学宝心中的痛点，他突然大哭起来。这一哭，引起了很多小朋友围观，并惊动了幼儿园的阿姨，阿姨开始以为是小朋友们在打架，后来才知道是小朋友问了一个不该提及的问题。当时阿姨一着急，当着众多小朋友的面，训斥说：以后不许再问宝宝妈妈的事啊。年幼的吴学宝敏感意识到自己妈妈有什么事。也正是阿姨下意识的一句话，吴学宝的孤独感被放大并曝光在其他小朋友面前，令他无地自容。

当天下午，吴学宝趁阿姨不注意时，他偷偷地溜出了幼儿园。他要去干什么？

他要去找妈妈。结果，他走上大街时，这才发现平时由爷爷奶奶接送上幼儿园时，走过的街道猛然变得又长又宽，街上的行人多得令他眼花缭乱，以往他并没有感到街道这样长、这样宽，人也没有这么多。此时此刻才发现世界好大好大，大得不着边际。伤心的吴学宝看到满街熙熙攘攘的人群，人群里有那么多妈妈，可没有一个是自己的妈妈，吴学宝哭了。

哭过一阵之后，吴学宝在街边站了一会儿，他脑海里浮现出幼儿园阿姨讲过《小蝌蚪找妈妈》的故事，他把故事情节回忆了一遍，再想了想阿姨讲过红灯停绿灯行的交通规则，他试着向茫茫人海走去。吴小宝一边走一边按照心中的形象找妈妈，遇见扎辫子的无论是老妇人还是年轻姑娘他都要端详一阵，真像现实版的小蝌蚪找妈妈一样。

幼儿园阿姨们知道吴学宝走了后，立即到家里通知了爷爷奶奶和爸爸，一家人和幼儿园的阿姨们为找他忙成了热锅上的蚂蚁。那时，通信还没有现在这样发达，只有骑着车分头找人。

不知不觉中漫无目标的吴学宝走过了好几个路口。眼看天就要黑了，吴学宝没有找到妈妈，看天色暗了，心里也慌了起来。但他突然想起幼儿园阿姨说过：有事找警察。正好下班高峰期，警察也走到了岗亭指挥交通了。吴学宝步履蹒跚地走到警察身边说："警察叔叔，我要找妈妈。"警察看一个四五岁的孩子要找妈妈，吃惊不已，于是带着吴学宝离开岗亭，找到另一位同事处理。那位警察问了一下情况，得知吴学宝上的幼儿园，于是把吴学宝送回了幼儿园。幼儿园的值班阿姨想办法通知了吴学宝家里人，爷爷奶奶跑到幼儿园，见到了孙子又惊又喜，知道吴学宝是要找妈妈才出走的，他们表现出无奈。

吴家人因这次吴小宝的出走事件，也明白了母爱缺失对孩子的伤害之大。他们一边怨吴学宝的妈妈狠心要回天津，一边又催促爸爸再婚，想给吴学宝更多家庭和母爱的温暖。

四、

没有痕迹的伤害

妈妈返回天津生活，小家庭破裂，爸爸整天忙于工作，没有更多时间陪孩子。吴学宝靠爷爷奶奶一手带着，亲情严重错位。无疑抚养方式和环境的改变，使吴学宝的人生际遇及家庭教育也发生了变化。

爷爷奶奶对吴学宝的爱是隔辈亲，对他可说是宠爱有加。不仅要接送吴学宝上幼儿园，还要照管他的日常生活。在物资匮乏的年代，虽然家庭经济拮据，但爷爷奶奶尽量给吴学宝好吃好穿，把他们认为是最好的东西给了他，哪怕是天上的星星。爷爷奶奶让吴学宝过着一种饭来张口衣来伸手的生活，从不让吴学宝自己做事。有时吴学宝自己要学着扫地，奶奶就会一把夺过扫帚，让小宝一边玩去，自己去扫。爷爷奶奶的溺爱，心里想的是为了弥补孙子缺失的母爱，但是这份爱也绑架了吴学宝。

爸爸整天忙工作，回家后尽管很累，还总是尽量与儿子多待在一起，试图建立起一种融洽的父子关系，把更多的父爱给吴学宝。然而随着吴学宝长大，看着别人左手拉着爸爸右手拉着妈妈，而他总是一个人，懵懂人事的他总觉得生活少了什么。所以吴学宝对爸爸的亲昵表现，虽不排斥，但在不自觉中表现出不冷不热，甚至不领情。有时爸爸有空，会主动给吴学宝弄饭菜，但遭到吴学宝故意刁难，非要奶奶给弄饭菜才吃，有时还要妈妈做。搞得爸爸也无所适从。

一个星期天，爸爸正好休息在家，爷爷奶奶做好饭菜端到了桌子上，爸爸好心好意给他先扒了一小碗，但吴学宝就是不吃。爸爸问他为什么不吃，他说你弄的我就是不吃，爸爸看着顶嘴的儿子生气地说："你不吃就饿着吧。"话音未落，吴学宝小手一挥，将碗推到了地上，饭菜洒落满地都是。爸爸正想发火，奶奶小跑过来，抱着吴学宝问："是不是嫌奶奶做的不好啊，不好吃，我重给你做，你说要吃什么？"

奶奶一边哄孙子，一边训着儿子："孩子妈妈又不在身边，你将就他点儿行不？"

吴学宝听奶奶提起妈妈，突然委屈地大哭起来。于是爷爷奶奶一起把爸爸训斥一通，才哄好了吴学宝。

爸爸对奶奶讲："你们不能这样惯着他，会宠坏的。"

这次之后，吴学宝变得只要稍不顺心，就大哭大闹，爷爷奶奶就会哄他，要什么给什么。要是爸爸在场就会批评爷爷奶奶这种做法，渐渐爸爸在他心里成了对立面人物，什么事都喜欢对着干。爸爸说东，他就偏要往西。

无形之中，吴学宝掉在了爱的泥潭里，不能自拔。

五、

一线母爱之光

1963 年，在吴学宝 5 岁时，爸爸再婚。

那时人们结婚婚礼很简单，吴学宝爸爸再婚时，简单到就是一个女人突然走进了吴家一起生活。

年幼的吴学宝不懂爸爸再婚是什么概念，更不知道新进家门的这个女人并非亲妈。当时继母来到吴家，吴学宝以为自己的妈妈从远方回家了。妈妈回家的愿望实现了，他以孩童单纯的判断和热情迎接着妈妈。虽然表面上他与新妈妈的交流有些疏离甚至隔阂，但他内心对妈妈的温暖怀抱异常渴望和热切。在这种矛盾心理支配下，吴学宝慢慢在感情上向妈妈靠近。

所以，自从有了妈妈，吴学宝变得乖巧听话了，吃饭时，不论是爷爷奶奶还是爸爸妈妈叫他，总是一叫就到，在饭桌上表现得又活泼又可爱。他看到妈妈与爸爸亲密的样子，也打心眼里为他们高兴，并从内心深处悄悄地祝福他们，他希望妈妈不要再离开他去远方工作。

吴学宝是个聪明的孩子，他用自己的方式来取悦妈妈。有一天，他从幼儿园放学回家看到妈妈正在准备洗衣服，于是他顾不上其他小朋友叫他一起去楼下玩耍，主动帮妈妈洗衣服。那年代没有洗衣机，所有的衣服还得用洗衣盆。吴学宝看到妈妈拿盆，他就忙着去找搓衣板。一个五六岁的孩子，拿搓衣板是一件很费力的体力活，妈妈见状，赶忙过去帮他，他努努小嘴不服输地说：“妈妈，没事，我拿得动。”妈妈看到懂事的他，报以怜爱和鼓励的目光。吴学宝感受到了来自母爱的真情温暖，心里美滋滋的。

其实吴家大人们谁也没有注意到，虽然在婴幼儿期间他们给了小宝貌似浓厚的爱，给了无微不至的关怀，特别是物质上的满足，但他们没有察觉吴学宝所遭受的是一种没有亲身体验母爱的忧伤，事实上达到了熄灭情感的地步。大人们的“爱”，只是给了他不缺吃少穿的生活，因为母爱养分缺乏，已摧毁吴学宝的心理定位，使吴学宝不能够很好地驾驭环境。虽然生活在一幢筒子楼里的还有许多小朋友，但吴学宝不与其他小孩子一起玩耍，小时候常常表现出压抑性乖巧，吴学宝总是喜欢一个人远远地看着别的孩子们游戏嬉闹，从不合群，从不参与。这一切吴学宝的爷爷奶奶没有意识到，连他的爸爸也没有重视过。

吴学宝误以为自己妈妈回到了家，回到了自己身边，母爱犹如从门缝里照进黑暗小屋里的一线阳光，照到了小宝的心里，他表现出了极大的热情投入了继母的怀抱。

黛安·伦曼斯有一首小诗写道：

如果我能再次养大我的孩子，我会先建立自尊，再决定盖房子。

我会多用手指来画图，少用手指来指。

我会少教训多沟通。

我会少用眼睛看表，多用眼睛看世界。

我会跑到更多的原野看更多的星星。

未来时间，谁能弥补他失去的母爱？谁能以新的方式养大吴学宝呢？

六

捅破窗户纸

以为是自己妈妈回家了，吴学宝发自内心的高兴自不待言。不久妈妈怀孕，肚子一天天大起来，奶奶就主动承担了一些家务活。为了让妈妈得到休息，懂事的吴学宝也主动做一些力所能及的事。但有一件小事，捅破了后妈不是亲妈的窗户纸，让吴学宝希望的肥皂泡破灭了。

那天，做饭时，奶奶发现没有盐了，便叫吴学宝去小区门口的小卖部买盐。奶奶怕他找不着，特意提醒他小卖部就是平时奶奶给他买糖果的小卖部。奶奶给了几个钢镚儿，吴学宝拿在手上，搓出了音乐的节奏，听起来好听极了，他一边玩着几个钢镚儿，一边高兴地向小卖部走去。小卖部的门口有几个阿姨。见他走过来，有个阿姨对他说："小宝长大了，能自己买东西了啊，看多乖的孩子。"

"是啊，这么好的孩子，没妈妈疼，多可怜。"

话音未落，另一个阿姨便带着训斥的口吻说："瞎说什么啊。"先说话的阿姨意识到刚才说的话不对，忙岔开话题问："小宝，你要买什么呢？来店里阿姨给你拿。"

大人们说这些话时，细心的吴学宝观察到她们躲躲闪闪的神情，觉得大人们的话里有话，虽然他不能完全明白是什么意思，但觉出了有什么隐情。

那时的盐是一角七分钱一斤，奶奶给他的钢镚儿刚好买一斤盐。店里的阿姨给吴学宝称好盐，用食品包装纸折了一个小袋装好，用了根细线绳扎了一下，递给吴学宝，顺便轻轻地摸了一下他的脑袋，叮嘱说："拿好啊，千万不要弄破了啊，要不盐就漏出来了。"

吴学宝拿过盐，拐过墙角时，他又停下了脚步，静静地在那里想了想那个阿姨的话，心里寻思自己妈妈明明回家了，而且街坊邻居都知道的，为什么他们却说我没妈妈疼呢？

正在琢磨这几个阿姨的话时，这时，从小卖部传出来那几个阿姨的说话声，吴学宝听了个清清楚楚。

"哎呀，世上就有这么狠心的妈妈，为了自己过上安逸日子，居然丢下孩子，离了婚。"

"谁说不是呢，你看小宝多可怜，这么小家里就当大人使唤了，肯定是他那后娘不好，肚子里有了自己的孩子，就看小宝不顺眼，这么小的孩子就让人家出来买东西。"

"后娘就是后娘，哪顶得上亲妈啊！"

几个阿姨以为吴学宝已回家去了，所以说话的嗓门越来越高，愤愤的话语听起来像是在为吴学宝打抱不平。

"有后娘，就有后爸。你看小宝他爸多疼现在的媳妇啊，哪有时间来管小宝。"

"就是，再怎么说，也是亲生的啊，你看每天小宝就让爷爷奶奶带着，接送上学，很少管人家小宝。"

听到这些闲话后，吴学宝有些生气，他认为爸爸总是说工作忙很少接送自己上学，其实都是因为妈妈不是亲妈妈导致的。但他还是不完全信这些阿姨说的。正在他想着这些时，其中一个阿姨的话又顺着墙根传过来。

"你们看吧，等后娘生了孩子，小宝就更遭罪啦，说不定打骂就是家常便饭了。"

吴学宝听到这些对话，他想大胆地过去问问几位阿姨，现在的妈妈是不是亲妈，于是便蹑手蹑脚地返回了小卖部。

吴学宝走过来时，几位阿姨似乎知道自己说错了什么话一样，面面相觑，之后一哄而散。只有店里的阿姨一个人在，她见吴学宝回来了，知道事情不妙，于是主动走到店外，亲切地哄着吴学宝说："别听她们几个嚼舌头啊，你妈妈虽然不是你亲妈，但我看她对你也可好了。"吴学宝听了她的话，小小的脸蛋上一下布满了愁云。阿姨这才回过神，知道自己哄吴学宝的话又说错了，忙改口说："你妈妈就是你亲妈。"

吴学宝从小卖部阿姨的话里肯定了现在的妈妈不是自己的亲妈。他虽然不太懂亲妈与后娘的区别，但他觉出来了"后娘"肯定有什么不好。

吴学宝希望的肥皂泡破灭了。

从此，他眼中的妈妈一下变了一样。妈妈照顾他、关心他，他觉得是故意顺从和友好，充满虚伪、做作。

妈妈给他盛饭、夹菜，有时给他讲故事，尽可能地找些交流感情的话题。吴学宝却认为她是在苦心经营友善的氛围，觉得她像电影里引诱小孩说谎的骗子。妈妈对他而言是一场阴谋和骗局。

吴学宝把自己知道的一切深深地藏在了心里，他既没有向爷爷奶奶说，也没有问爸爸妈妈原因。天大的一个秘密就这样藏在他心里。从此以后，他不特别爱妈妈也不恨妈妈，他觉得妈妈是别人的妈妈，似乎与自己没有关系。虽然衣服脏了脱下扔到一边阿姨们所说的后娘就给洗了，过几天穿上，是很舒服的，这只是让他感到了后娘给他生活带来的方便和实惠。有时妈妈也不知是从哪里弄得一两块水果糖，给他吃，他也是不言不语地收下，但心里从来没有一丝感激之情，倒觉得理所当然，这多少有点像养着一只白眼狼。

七

挣脱家的引力

日月如梭，时节如流。转眼之间，吴学宝到了上学的年龄，他进了棉纺四厂的子弟小学。

小学不像幼儿园，幼儿园的孩子在阿姨眼里就像一群小鸭子，小孩们没有自己的空间，自己的思想和行为都不能独立。上小学时，许多孩子都不由大人接送，而是三五成群结伴而行。吴学宝随着与同学交往的加深，也多了不少朋友，上学放学都能开心地在一起玩耍。小学里，虽然学生们个个稚气未脱，但个个像小鸟一样都长出了翅膀，有展翅欲飞的欲望和冲动。吴学宝也就是从上小学起有了挣脱家庭引力的意识。

那时，他后妈生了一个妹妹，随之家务事也多起来，爸爸和后妈经常为一些琐事吵架，家里是一地鸡毛。在小学二年级时，奶奶去世了。奶奶的离去对吴学宝的打击太大了，从小到大，吴学宝几乎没有离开过奶奶，奶奶是吴学宝的顶梁柱，也是他的保护神。奶奶的离去，使他感到天塌了一样，生活很无助，家里再没有交流对象。吴学宝经常放学后到同学家玩耍，有时还在同学家吃了饭才回去。那时，爸爸工作很忙，在家的时间少，后妈要照顾妹妹，忙不过来，家里人很少管他。家渐渐地失去了引力，他变得像一片浮萍，人生变得漂浮不定。

跟同学玩，在同学家吃饭的次数多了，这使他习惯成了自然，家在他心中渐渐成了一个空洞的概念。

有一天，他放学就跟着一个同学去玩了。先是一伙小孩在小区里滚铁环，你追我赶，好不热闹。玩累了，便去了一个同学家。凑巧，那天同学的爸爸妈妈都上中班，晚饭是走时留在锅里的馒头，他俩一人吃了一个，喝了点水，也许是因为跑累了，吃了饭他与同学东倒西歪躺在床上睡着了。

说来也巧了，当天因为妹妹生病，后妈带着妹妹去医院看病，回家也晚，到家后又忙着给生病的妹妹喂药，也忘记了吴学宝还没回家，以为他找爷爷去了。晚上九点多，吴学宝爸爸忙完厂里的活，回到家时，才问起吴学宝，结果发现家里没人。爸爸训了后妈一通便急急忙忙去爷爷那里找他，吴学宝根本不在爷爷那里，当时爷爷知道孙子还没回家，也急了，便对儿媳妇说："看来真的不是自己的孩子，这么不上心。"为这句话，后妈又跟公公吵了起来，你有来言，我有去语，家里乱成了一锅粥。那年代通信也没有现在这样方便，于是爸爸跑到学校，学校老师们都下班回家了，只有门卫的老头还在，但一问三不知。最后问了邻居家与吴学宝同班的孩子，才知道吴学宝跟同学去玩了，至于去了哪个同学家也不清楚。一家三个大人急得大眼瞪小眼，也想不出如何去找人，只好像无头苍蝇一样在离家较近的大街小巷乱转，呼唤，找寻，期待吴学宝的突然出现。

所幸的是吴学宝同学家的大人下了中班，发现吴学宝在自己家，想到吴家大人肯定会着急，大概夜里十二点了，从睡梦中叫醒吴学宝，便用自行车驮着他，送了回来。这天，爸爸特别生气，狠狠地训了他一顿。吴学宝被爸爸训斥的时候，后妈没帮他说一句话，居然爷爷还帮腔训他。虽然在大人眼里教育孩子是理所当然的事，但在缺失母爱的吴学宝看来，却是整个家庭对他的冷落、打击。所以，他在心里想，要是自己有妈妈，妈妈肯定会爱着他。妈妈那种爱强烈地吸引着他，像远方的一盏灯，尽管光线遥远而微弱。

自打这一天起，吴学宝就觉得这个家不是他待下去的地方，他向家人关闭了心扉，什么事都不与爷爷、爸爸和后妈说了。但他找不到别的去处，什么事都在心里一直藏着忍着。

八、

一首唐诗的影响

鲁迅说，人生识字糊涂始。这话用在吴学宝身上一点也不为过。在吴学宝上小学后，书籍给他打开了另一个世界。

那是他上小学二年级的那年冬天，有一天吴学宝去一个同学家玩耍，同学的爸爸是个诗词爱好者，因为当天正好下过大雪，石家庄银装素裹，虽然冰封雪锁，却分外妖娆。也许因雪景触动，同学爸爸给儿子和吴学宝讲了唐代柳宗元的一首五言绝句《江雪》——

千山鸟飞绝，

万径人踪灭。

孤舟蓑笠翁，

独钓寒江雪。

同学爸爸面对两个孩子侃侃而谈，大有为人师表的风范。爸爸先解释了诗的原意。他认真地分析说，诗的前两句"千山鸟飞绝，万径人踪灭"，意思是说，群山中不见鸟儿飞过，一只鸟都没有，所有的道路上也不见人走过，一个人也没有。而之所以会出现这种情况，就是在大雪纷飞的天气里，有一种冷到彻骨的感觉，才会导致鸟儿和人迹的消失。诗的后两句"孤舟蓑笠翁，独钓寒江雪"，依然描绘的是一幅冷到彻骨的画面，即在大雪纷飞的江面上，停留着一叶孤舟，一个渔翁正独自在寒冷的江心垂钓。所以说这首诗的绝妙之处，便在于全文无一"冷"字，却句句冷到彻骨。这首诗描写运用远距离镜头，给读者呈现了一种空灵剔透、可见而不可及的美感。巧妙地表达出了作者摆脱世俗，超然物外的清高孤傲、凛然不可侵犯的情感。

解释完诗的原文，同学爸爸继续分析诗的写作背景和引申意义。他说：这里的渔翁形象有着两层含义，一层是柳宗元遭受打击之后，被贬永州，内心感到的极度孤独感；另一层是这位渔翁所处的环境，虽然是一个绝对幽静、绝对沉寂、绝对寒冷的环境，却体现出了这个世界的一尘不染，万籁无声，这代表着渔翁性格的孤傲，生活的清高。恰恰这也是诗人在唐王朝险恶的环境压迫下，所体现出来的不屈精神。故而柳宗元的情感，从某种程度上来说，是复杂而矛盾的。

吴学宝好奇地问同学爸爸，柳宗元被贬是什么意思。同学爸爸告诉他，被贬就是古代人在当官的时候，不受皇帝待见，就派到离京城很远很偏僻的地方当小官或者成为老百姓，生活相当艰苦，说白了就是一种惩罚。

这首诗其实连很多大人都难领会，可柳宗元被贬的经历像过电一样一下触击到了年少的吴学宝，他联想到自己的家庭处境，觉得生活和家庭将他推到了千里冰封的世界，他仿佛一下就进入了柳宗元的诗境之中，感到身心异常寒冷，孤独感从四面八方袭来。

本来同学的爸爸是想教他们如何鉴赏诗词，提高写作的技巧，然而，吴学宝从诗中体会到的却是他人生际遇。这首诗像一块冰，植入他心中，难以融化，凝结成一股寒气贮藏在心底，并将生活中的正能量的热情吸收殆尽。这使吴学宝对生活变得更加敏感，变得有些神经质。

吴学宝说，当年这首诗对他的性格影响极大，使他偏离了人生轨道，后来走上了慈善之路，才正确理解这首诗。

正是年少时读不懂，读懂时已不再是少年。

九、

世界只有千万个"你"

没有亲妈在身边，在吴学宝眼里这是人生最大的一种缺陷。虽然他内心清楚爷爷、爸爸及后妈对他在物质上的给予与精神上的关怀无微不至，但是他还是觉得这种关怀中藏着大人的虚伪和自私。所以，他的感情的天平一天天向心中幻想的妈妈倾斜，他从心理上将自己与家庭中间划开一条鸿沟，他与虚无的妈妈站在这边，爷爷、爸爸和后妈站在那边。这种想法，占据了他的内心世界，满腔的苦恼又无处倾诉，同时他又怕别人看穿，引起同学的讥笑，感情上的苦恼与生活上的提防占据着他的人生。为排解心中的苦恼，他选择刻苦学习，想用优良的学习成绩赢得同学的尊重，掩盖内心的矛盾与渴望。

从小学三年级起，吴学宝在这种心理支配下，学习成绩突飞猛进，一路高歌。他的算术作业一直成了班里的标准答案，他的作文成了同学们的范文。老师的表扬，同学们的羡慕，像舞台上的两束强光照亮了他的校园生活和人生，他走到哪里，哪里都充满了对他的赞美，哪里就形成了敬佩的磁场。

关心一个孩子的成长，只管好他的物质生活是远远不够的，同时需要精神和心理的同步抚育。在那个贫困时期，大人们忙于应对生活压力，对孩子成长过程的认识和养育的方式也受到局限。爷爷和爸爸以及后妈都没有认识到这一点，能尽量保证孩子在物质方面不比同龄孩子差，家人也算做得不错了。听老师说吴学宝在学校学习成绩不错，又不调皮，大人们非常放心，就忽略了与他沟通，缺少陪伴，管教也放松了，吴学宝放学后想与谁玩就让他与谁去玩儿，吃饭时叫他回家就行。

随着年龄的增大，吴学宝的社会活动范围也在不断扩大，逻辑思维能力不断增强，自我意识也在觉醒。他积极用内心去体验世界，更加不愿意盲目地依从爷爷和父亲，力图摆脱对成人的依赖和追随，但他又觉得现实中特别缺乏安全感，所以他积极寻求与同学的交流，变得越来越不愿与家人沟通。与他玩耍的同学被大人们叫走时，特别是他看到有的同学一家三口的背影时，他就想要是他的妈妈也在身边多好，越是这样想，他的孤独感就猛然增强，他将这种孤独的心理遮掩得越来越严实深沉。

家里大人们没有发现吴学宝表面上看与同学们玩得开心，其实他内心孤独。他的感情世界严重荒漠化。他觉得，这世上除了我，只有千万个你。一切是那样的陌生，一切都是那样的遥不可及。

人生需要出口，情感需要表达。有一天，吴学宝悄悄地画了一幅画。一张白纸中间，画了一个人，在这个人外又画了一圈人，中间的人目光高远而神情茫茫然向周围张望着，人圈之外还画了一个人，距离中间人很远，就像太阳——月亮——地球的位置。

他说画中间的人代表他，周围的人代表社会上的其他人，最外面的那个人是妈妈，他周围这些人将他围困在最里面。小时候虽然见不到妈妈，妈妈虽然没有直接给他物质上和精神上的关爱，但他心里总觉着母爱的阳光照耀着他，就像太阳照着就能产生温度一样。只要一想妈妈，心里就充满了暖意。

母爱的缺失，对一个孩童影响很大。吴学宝说他的童年就像一个黑洞，充满了无助无奈的恶劣力量。

样板戏

在吴学宝上小学的时期，中国文艺界样板戏横空出世，横扫中国，风靡中国社会的各阶层。

那些岁月里，革命现代京剧《红灯记》的主要演员钱浩梁、刘长瑜、高玉倩；《沙家浜》主要演员谭元寿、洪雪飞、万一英；《智取威虎山》的主要演员童祥苓、沈金波、齐淑芳；《海港》的主要演员李丽芳、李万春（伴唱演员）、朱文虎；《奇袭白虎团》的主要演员宋玉庆、方荣翔都教唱过他们各自的唱段。由于每天都在听、都在学，所以最后只要锣鼓家伙一响两三秒钟，人们就知道了是哪段唱段了。

吴学宝就是在这个时候爱上了样板戏的，而且他天生有一副好嗓子。吴学宝真正对"样板戏"产生兴趣是在小学四年级的一堂音乐课上。那天，音乐老师一改过去只教儿歌的风格，突然宣布：今天学唱"样板戏"京剧《红灯记》选段——《都有一颗红亮的心》。顿时，同学们高兴得差点跳了起来。紧接着，音乐老师那字正腔圆的唱法、声情并茂的表演，不仅深深地感染了全班的同学，而且吸引了其他班的师生前来欣赏。从此，学校所有班级的音乐课全部改成了教唱"样板戏"。

吴学宝对演唱"样板戏"的兴趣自那堂音乐课后就一发不可收，从那时起，他跟着学校老师学，跟着广播和收音机学，他白天唱，晚上唱，学校唱，家里唱，路上唱，劳动唱……功夫不负有心人，几年间，他学会了《穷人的孩子早当家》《都有一颗红亮的心》《浑身是胆雄起起》《我们是工农子弟兵》《军民鱼水情》《智斗》等三十多首"样板戏"唱段。不久又把所有的唱腔也基本学会了，而且腔正音亮，吐字清晰，不管在什么场合，他唱的始终是最好的。日积月累，以他的天赋居然学会了八大"样板戏"的精彩唱段，学校搞文化宣传演出，他唱"样板戏"的能力得到了充分发挥，成了校园"样板戏"红人。

1971年，吴学宝上初二时，有一天，市文化局领导到各学校挑选文艺人才进剧团时，吴学宝因唱"样板戏"独占鳌头被选拔到了石家庄市丝弦剧团当演员。当时他才12岁。

时至今日，这些唱段他依然烂熟于心，时不时会哼上一小段，自娱自乐。

戏剧人生

吴学宝进了石家庄市丝弦剧团，剧团里一边教新学员学文化课，一边让他们学戏剧课。剧团老师讲，丝弦是河北省特有的古老剧种之一，更是石家庄的土特产，希望他们用功传承和发扬。当时吴学宝个子不算高，被安排当了一名短打武生。短打武生常用短兵器，表演以动作轻捷矫健，跌扑翻打，勇猛炽烈见长。舞蹈身段要求漂、帅、脆，干净利索。这对年少的吴学宝来说，最适合了。经名师指点，吴学宝勤学苦练，进步很快，没两年时间，作为一个武生演员的他，翻、腾、扑、跌各项技艺掌握得娴熟有度，刀、枪、剑、戟、棒、棍、斧、钺等戏剧兵器使用也是游刃有余，20岁时他成了剧团的台柱子。

进入丝弦剧团后，吃住都在剧团里，食宿安排得很好，一个全新的环境给吴学宝摆脱家庭束缚创造了条件。虽然剧团离家不算太远，但他就是不想回去，吴学宝自编藩篱，自设禁锢。他当时有种与年龄不相符的迷茫，他拉起了与家庭决裂的架势。为了排解寒暑假期在学校的孤独，他参加了学校的护校队，义务为学校做安保工作。从1971年来剧团到1984年离开剧团，13年时间里，吴学宝开始的六年时间没有回家过年，其间爸爸到剧团找他都被他无礼无情拒绝了。爸爸又找朋友沟通，依然是无果而终。后来爷爷去世，亲情终于击碎胸中块垒，融化了心中冰封，瓦解了吴学宝铁石之心，他才回家与父母姐妹们团聚，重新回归家庭，享受家庭带来的人生温暖。

孤独是常人很难战胜的天敌，吴学宝也不例外。在剧团的前六年时间里，一方面他与家人距离较远，独自体味着孤独的人生况味；另一方面他内心深处又渴望与人沟通，得到社会理解，所以，他千方百计与老师同学建立起了特殊的友谊，用师生情谊抵消自己内心的孤独感。当时团里的前辈经常接济他，所以他从小就懂得知恩图报的道理。有位老师曾教导他："人要互相帮助，不管能力大小，贵在尽一份力。"这句话吴学宝始终记在心里。

在自觉不自觉中，他自己培养出了施恩于人的品行。当然，他也接受着来自老师和同学的帮助。六年时间里他与老师和同学之间发生的相互关爱的故事举不胜举。

吴学宝讲过一个小故事很感人。那时在剧团时，因为他是学武生的，从心里他特别强调自己要学好武艺，有段时间他特别醉心习武，对文化课就有些放松。结果有一次文化课考试，他数学没有及格，老师点名批评了他，他心情特别压抑。下课后，他一个人独自留在了教室，有一个同学发现他情绪低落，便过来安慰了他，说一次考试成绩不要紧，叫他今后努力就行。为了鼓励他，第二天那位很有心的同学送给他一片绿叶，说绿叶代表着希望与活力，他收下了这片绿叶，这位同学的用心感动了他。他想礼物虽轻，但在他眼里却非常珍贵，觉得那是对他的理解和希望，于是他悄悄收藏起来。从此，他重振旗鼓，刻苦学习，一学期完了，顺利通过了文化课的各科考试，而且成绩非常优异。

春去秋来，那片绿叶虽然渐渐发黄，但他像宝贝一样一直珍藏那片叶子，在他遇到困难的时候就拿出来看看，他说那片叶子在他心中永远是绿色的，永远给他生活以希望。

于银萍老师负责剧团后勤工作，既管学员的饮食起居，还兼职学校的校医。有一天午后，她去学员宿舍检查卫生时，发现吴学宝没去练功，一个人躺在床上。于老师问："小吴同学，怎么没去练功啊？"

吴学宝有气无力地回答："老师，我觉得难受，浑身冷得不行。"

那时正是夏天，天气非常热，听吴学宝说冷，作为医生的于老师敏感意识到吴学宝可能生病了。于是，她快步走进屋里，用手摸了摸吴学宝的额头，发现他发高烧了。于老师二话没说，从床上扶起吴学宝就去了医务室，一量体温已 39℃。于老师决定马上送他去市里医院，见吴学宝走路有些恍惚，于老师赶紧推来自行车，让吴学宝坐在后车架上，一溜烟地送到了医院。由于骑行较快，吴学宝看到老师的衣服很快被汗水浸透了。到了医院，吴学宝挂号、就诊、打针、吃药，花了五块多钱。吴学宝没有钱，全是于老师垫付的。后来，吴学宝还钱时，于老师死活不要。于老师淡淡地说："你是学员，老师关心你是应该的。"

于老师帮助吴学宝去医院看病并支付了医药费的事，常人看来不是什么大事，但当时孤苦伶仃的吴学宝在心灵上受到了极大震撼。他常想，大热天老师本应休息，却顶着烈日送他去医院，又付医疗费，虽然现在看钱不多，可那时老师工资也就每月十多块钱，五块多钱在当时可能是老师半个月的生活费。

滴水之恩，涌泉相报。还给老师钱，老师婉拒，吴学宝觉得当时的确是对老师的恩情无以为报，他想自己还能做什么呢？

有一天，吴学宝看到了一个故事，这个故事是说过去一个皇帝爱上了围棋游戏，他要感谢围棋的发明者。围棋的发明者说只要皇帝赏他几粒米，他在围棋的第一格里放了一粒米，在第二格放了二粒米，在第三格成倍放了四粒米……依此类推，直到把棋盘放满，是18亿万粒米。

这个故事让吴学宝眼睛一亮，他感悟到帮助别人就是在帮助老师，帮助别人就是师德的一种传承。他决心向老师学习，发扬老师的精神，多帮助需要帮助的人，别人再帮助更多的人，就会像棋盘上的米粒越来越多。从此，吴学宝看到街上用三轮车拉煤球的人上坡时，就上前主动推一阵儿；看到老人手里拎着东西太沉，吴学宝就帮忙拎；吃饭时，学员有事，他就帮忙打饭，宿舍寝室和楼道脏了他就自觉地去打扫……反正力所能及能帮助人的事他就会主动去做，觉得做了就心安。吴学宝觉得老师就是围棋第一格里的米，他是第二格里的米，肯定在第三格、第四格也会出现米粒……

今天的吴学宝谈及这事，感动万分。他说那时的老师帮助学员都觉得是分内之事，那么的无私，他有责任和义务让老师的助人为乐的精神发扬光大。

释放爱

在吴学宝成长的岁月里，家庭的种种矛盾和变故，使他对家庭亲情越来越反感，使他的性格越来越叛逆。多亏社会的爱使他找到了人生意义和爱的价值。吴学宝六年时间与家庭决裂，长期住在剧团不回家，连每年春节都是如此。在老师们眼里他毕竟还是个孩子，老师们对他关爱有加。于银萍、于竣仙、郝春梅、石连秀、溪复兴等老师不仅在文化课学习上认真辅导他，同时在戏剧基本功训练上也给他开小灶，这使吴学宝学习进步得很快。由于与他交往甚密，了解他的家庭背景，这些老师家里做什么好吃的，都叫他去家里吃，他不去也要给他带到剧团。这使吴学宝感受到剧团像个大家庭，他得到了家的温暖。他在剧团里并不孤独，业余时间他积极参加剧团里的各种活动，与学员们也结下了深厚友谊，这培养了他良好的团队合作精神，使他在性格上积极向上向善，从不与人交恶。吴学宝在剧团感受到的爱和温暖，使他内心充盈，温暖如春。

滴水之恩孤心暖，寸草之心三春晖。吴学宝得到了老师和学员们的关怀照顾，他总觉得要回报才对，但总是没有机会。他满腔的爱没有释放的出口。于是，他想把这种爱向社会传递。一天，付诸行动的机会终于来了，他心中的爱找到了释放的出口。

那是个星期天，他走在大街上，见到一个妇女背着一个小孩子，两手提着东西，吴学宝看见人家拎东西太多，就想帮人家拎东西。于是问那妇女去哪里，妇女说："要回石家庄西山的南甘子村。"吴学宝二话没说，就从妇女手中接过两包东西，跟着妇女走了。边走边聊天儿，这时才知道妇女要去的地方是石家庄郊县获鹿（现鹿泉区）。虽说是郊区，但离市区也有三十多里地。那时交通极不方便，从南甘子村到石家庄还没有通公交车。人们到市里要么骑自行车，家里没有自行车的都是步行。这妇女是前几天家人送她到市里医院给孩子看病的，孩子病情好转就出院回家，由于没法通知家人来接，自己就背着小孩，准备走路回家，正巧遇上了好心的吴学宝。

吴学宝与妇女一边走一边说话，走了四个多小时，才到了南甘子村。这时，天已傍晚，妇女家人要留吴学宝吃饭，让他住下第二天再走，但他婉言谢绝，因为他担心剧团的老师和学员们担心。于是，他一路慢跑着回到了剧团，一个来回差不多七十多里地。他回到剧团已是晚上九点了，衣服被汗水湿透，腿脚发麻，肚子有些痉挛，在校的几位学员给他准备了热水喝下，他休息一阵才得以恢复。

事后，吴学宝想送妇女回家，虽然自己差点累趴下了，他觉得欠老师和学员们的情还了一些，觉得帮助了一个需要帮助的人，心里极其愉快和幸福。

这件事，让吴学宝体会到了帮助别人的快乐。从此，他总是关心身边的人，想方设法给人以帮助。

剧团里有一个郊县来的同学，业余时间很少与大家玩耍，总喜欢独自一人出门。吴学宝观察他的行踪神神秘秘的，就特别好奇。一个星期天他看到这个同学很早就独自走出了剧团，于是他便悄悄跟去。这个同学走了没多久，就走进了一家工厂的生活区，吴学宝以为人家是串亲戚，但他发现这同学并没有走向人家里，而是在楼道下的垃圾洞里找东西。吴学宝一下明白了，这个同学是捡废品卖钱。他没有贸然走近这同学，而是远远地观察了一阵儿。不一会儿，这个同学掏了好几个垃圾洞捡了些酒瓶、废纸之类的东西。看到这同学两手都不空时，吴学宝为了不使这位同学难堪，吹着口哨假装路过，与这同学不期而遇。然而，这同学见到吴学宝时，一下把捡来的东西丢在了地上，脸上露难色，非常尴尬。这时吴学宝关切地询问这个同学为什么要捡垃圾。事情到了这份儿上，这同学就一五一十地告诉了他。原来这位学员家住大山里，家中老父亲多病，不能下地干活，家里靠母亲挣工分养家糊口，自己捡些废品卖了，给父亲买药。这同学觉得捡废品是件丢人的事，不想让人知道。吴学宝知道这同学的困难处境后，当天就与同学捡了整天废品，虽然掏垃圾洞有些脏、有些臭，但他一点都不怕。两人忙碌了一整天，下午他们将捡来的东西拿到废品收购站，居然卖了三块一角八分钱。那同学要与他对半分，他一分也没要。后来，他还为这个同学在学校自行车存放处的大棚一个小角落里，放了一个箱子，在剧团里捡到的废品就悄悄放到这里来，装不下了便与这同学一起去卖掉，自己却一分钱也没要过。直到他离开剧团，一直为这个同学保守着秘密。

也许因为爱的付出，使吴学宝懂得了更多爱的含义。心中爱充盈了，那年他重新走回了家庭，找到了家那种久违的温馨。

第二章 扼住命运的咽喉

人生的磨难对强者也是一笔宝贵的精神财富，推着我们去往幸福的彼岸。

　　种子不落在肥土而落在瓦砾中，有生命力的种子绝不会悲观和叹气，因为有了阻力才能磨炼。

　　人生不仅要有清风徐来、水波不兴的轻柔，更要有波涛汹涌、气势雄丽的刚健；人生不仅需要安安静静的秋月，也需要蓬蓬勃勃的春天和热热闹闹的夏天；人生不仅需要叱咤风云、力挽狂澜的豪迈，也需要兢兢业业的耕耘。

　　谁扼住了命运的咽喉，谁就能战胜磨难。

时运大拐弯

十一年时间，吴学宝经历风雨终于迎来彩虹，从小演员成长为剧团的明星。他在剧团排演的各场大戏剧中都能担任重要角色，艺术生涯风生水起，许多重要演出都让他担纲，因此，他获得了各种奖励，多次得到市里文艺界领导接见。由于他刻苦学习《毛泽东选集》，团领导还将他列为入党积极分子培养。吴学宝在入党申请书上写下了为党的事业奋斗终身的铮铮誓言。

在他事业风生水起，人生红火之际，许多姑娘为他献上了羞涩的玫瑰之约。1979 年，吴学宝终于打动了一个姑娘的芳心，并在亲朋好友的祝福声中结为秦晋之好。

两年之后，大女儿出生，吴学宝觉得自己从小失去了母爱，失去了家庭的温暖，他要给女儿更多的爱，仿佛是对自己的一种弥补。每天只要团里工作结束他就回家，帮妻子做家务，看孩子，精心打理小家庭。

就在政治命运、事业和爱情顺风顺水的时候，命运却来了个一百八十度的大转弯。

那是 1982 年的夏天，剧团要去各县下乡进行巡回演出。每天基本都有两三场演出，刚开始吴学宝场场有戏，他以扎实的表演功底，赢得了观众的一片叫好声。可有一次下乡演出时，当天多加了一场戏，下午赶到村里时，才开始搭舞台。该村是个偏僻小村，搭舞台的材料也没有，只好临时找材料凑合。由于临时搭建的舞台材质粗劣不合规范，他在表演一个后空翻时不幸被绊倒，从舞台上重重摔下来。吴学宝躺在地上不能起来了，大家把他抬上汽车，送回市里医院救治。一检查小腿骨折、腿筋严重拉伤。住院期间团里挤出了资金将他转到最好的医院治疗，医生也尽全力救治，但伤情难以复原，留下了后遗症。

疗养了一年多，身体难以康复。医生告诉他，他不能再上台演出。一个演员不能上台演出，等于给他演艺生涯判了死刑。吴学宝的演员梦就此终结。

从此，命运之神将他带进了风雨兼程的另一种人生。

十四、

连夜雨

为了他今后的生活，团领导找市领导，决定给他转行安置工作。最终将他安排到一家塑料制品厂。这家工厂离家也近，一来可照顾妻小，二来不是重体力活，三来便于进一步疗养。

1984年进了塑料制品厂，吴学宝生命中那种顽强精神又表现出来了，他刻苦钻研技术，学习制图，学习机械加工，由于文化底子薄，他虚心向学校分来的大学生请教，决心要掌握一技之长，力争做一个学有所长的好工人。时间不长，他就掌握了机械制图和机械加工的专业知识，在工作上能独当一面。

可是，好景不长，没过两年，改革开放的浪潮一浪高过一浪席卷了塑料制品厂，吴学宝所在的塑料制品厂由于工艺落后，规模太小，加之管理不善，像一叶小舟风雨飘摇在市场经济云谲波诡的风浪之上，经不起市场的风吹浪打，终因资不抵债破产了，工人全下了岗，当时他和厂里的职工觉得像天塌下来了一样。离厂那天，他和几个工友一步一回头依依不舍地走出工厂大门，腿像灌了铅似的迈不开步，心里极其沉重。好不容易走过工厂大门口，有种生离死别撕心裂肺的感觉，他多么希望有一声挽留，有一声祝福。然而，他回过头的那一刻，一切寂然，一股悲凉之气涌上心头，他的眼睛潮湿，视线模糊了，刻骨铭心地感受到人生的失落与无助。也就是在离厂的那一刻，他想起了耳熟能详的一句话：工作着是美丽的。从此，他更深层地理解了工作的意义，理解了工作在人生中的重要性。

一个人突然失去工作不仅让人感到空落压抑，而且让人心里恐慌，那种失落感压得他喘不过气来。刚失业那阵子，他仿佛被生活抛掷到了茫茫沙漠，脑子里一片空白，看不到生机和希望，不知道自己还能干什么。他仿佛深陷泥潭，不清楚未来的路该如何走下去，他整天在家闷着，什么也不想干，不想见到熟人，连饭也不想吃。那段时间，吴学宝每天都度日如年。

当时家中上有老人，下有两个不懂事的孩子，妻子微薄的工资是全家唯一的经济来源。面对难卜的前景，艰辛的人生，恐慌、忧虑、失落、苦闷一起向他袭来，内心的委屈和对前途的担忧折磨着他，七尺男子汉也是一筹莫展，他心里整天空落落的，觉得好丢人，好无助，好落寞。

人们常说，家是心灵的港湾。在凄凉的夜里，在倦乏的时候，在受挫的日子，在有病痛的时候……真的，家才是人最安稳的栖息地。在他人生发生重大转折的时候，家给了他莫大的关怀和安慰。比他先下岗的父亲最是怕他经受不起失业的打击。

有一天晚上，妻子带着孩子回娘家了，家里只有他和父亲在。吃过晚饭后，心灰意冷的他早早上床了。然而，他想起工作的事，越想越睡不着，深夜时，他起床倒了杯开水，想看会儿书打发时间，调整一下心情。也许是他弄出了动静，父亲起床了，急急地走过来敲开了他的房门，惊慌地问这问那，原来父亲是怕他发生什么意外。夜深人静中看到神色慌张的父亲，以及那种慌张中充满的担心，他感动得泪流满面，他觉得少不更事时做的一切很对不起父亲。

于是，他拉着父亲的手说："爸，不管怎么样，我会侍候您到老，儿子不会有事……"。

"那就睡觉吧，不要想太多，工作慢慢找，肯定会找到。"言语不多的父亲带上门，走出了他的房间。

父爱如山，吴学宝被亲情温暖着，他回到床上躺下慢慢睡着了。

第二天早上起床后，吴学宝推开门时，发现他卧室门口多了一把椅子，父亲屈着身子躺在椅子上睡着了。原来父亲怕他想不开出什么意外，一夜守在卧室外。此时此刻，吴学宝感到父亲就像天上不动声色的太阳，默默将阳光洒在了他的头上，他感到特别的温暖。

就在那一瞬间，父爱重新点燃了他内心的希望，他想人下岗了可不能让精神下岗，应当让精神站起来，重新确定人生目标。于是，他决定出门闯荡一番。

父亲给了吴学宝力量和信心，接下来的几天，吴学宝骑着车四处奔波去找工作，但总是带着希望出门，带着失望回家。

入道特行

失业后的那段日子，家里人、亲戚、朋友们都为吴学宝着急。有的托关系找路子，有的找朋友帮忙，有的送些钱来，有的出谋划策教他干点事儿……反正为他的事忙得一塌糊涂。

好在吴学宝失业的痛苦没有殃及女儿。年少不识愁滋味的女儿，她是家里唯一的快乐源泉，一副天真无邪的样子，她那清脆悦耳的笑声，就像源自远古雪山的甘泉一样流过吴学宝的心间，滋润着他干裂的心田，她那甜甜的笑容就像冬天里的一缕阳光，给吴学宝带来融融暖意，驱逐了吴学宝心里的寒意，给了他莫大的生活信心，激发了男人的责任和担当精神。

有一天，吴学宝的老姨从天津来到了石家庄，老姨在天津从事殡葬服务，于是就给吴学宝讲了如何做殡葬业务，意在引导吴学宝改变就业观念，走上一条自食其力的创业之路，重树生活信心。然而，一听从事殡葬服务要与死人打交道，吴学宝起了一身鸡皮疙瘩。

看到吴学宝恐惧与畏难情绪，老姨耐心分析说，天津是大城市，殡葬服务市场兴起得早些，石家庄还没有个体户去做，这是一个好时机，并说做什么都要赶在潮头抢占先机，才能做起来。在老姨的鼓动和启发下，吴学宝决定试试这个在石家庄还无人问津的职业。经过耐心劝说吴学宝心动了。他做事从不盲目，于是先开展了市场调查。调查发现石家庄已有人在从事这一行业，但全市仅几家个体户，市场需求很大。于是他以每月 80 元租金租了一个小街上的门脸房，卖起了花圈、寿衣等殡葬用品。那时花圈都是自己用竹子扎制。竹子产于南方，石家庄市场上卖的竹子都是从南方运来的，他经常要去很远的郊区市场批发竹子。那时自己没有车，为了省钱就租小货车拉回来，装车卸车这些重体力活经常让他干得腰酸背疼，但他都能咬牙坚持。吴学宝是个有恒心和毅力的人，他认为自己选择了这个在石家庄少人问津，还让人瞧不起的职业，那就得干出个名堂来，绝不能让人小看了自己。扎制花圈也是一门技术活，吴学宝有"干一行、爱一行、专一行"的精神。他买回竹子后，自己学习扎竹篾条，反复研究花圈扎制的技巧。1988 年 9 月 20 日，吴学宝终于卖出了自己扎制的两个花圈，共赚了 10 元钱。

最初吴学宝仅是开了个小店，卖些常用殡葬用品。但随着逝者家属服务需求增多，一些家属提出了"一条龙"服务，吴学宝便开始尝试着为逝者办丧事。当他第一次走进太平间，为一个去世的中年男子净身、妆容、穿寿衣时，因为这是他第一次接触死人尸体，吓得浑身上下直打颤，手哆嗦不停，但吴学宝生性是一个懂得职业操守的人，他强压来自内心深处的恐惧感，努力克服困难为逝者整容、化妆、穿衣，居然一切做得井井有条。逝者家属看到他一丝不苟的态度，对逝者及其家属表现出的尊重，非常满意和感激，走时逝者家属感谢不尽。给逝者处理完后事回到家吃饭时，他总是感到手上有股尸体气味，感到异常恶心，吃下的饭菜差点儿呕吐出来，于是放下碗筷，将手洗了又洗。吴学宝觉得挣这钱太不容易。

后来送逝者去殡仪馆火化时，他才从居委会的人口中得知，这逝者家属还有老母亲和一个 9 岁的孩子，没有亲戚朋友。那个年代还没有医疗保险，逝者妻子前几年去世了，自己也患上了重病，看病花光了家中所有积蓄，处理后事的钱都是居委会帮忙东拼西凑的。火化时逝者家属一老一少哭得悲天跄地，死去活来。此情此景，让吴学宝心里特别难过。为了逝者灵魂得到安息，为了减少这家人负担，吴学宝处理完死者后事，对逝者老母亲说："大娘，您家里困难，就不用给我们钱了，算是邻居帮忙吧。"平实的一句话，关乎的不只是钱，而是对他人的一种关怀安慰，道出的是人性中的仁爱良善。在那一刻，吴学宝心中的善念闪闪发光。

第一次办丧事，虽然没有挣到钱，但使他突破了自己，改变了胆小的毛病，同时也让他看到了人类面对生死的依存关系和亲情友情的温厚，也让他从中看了自己的价值和工作的意义。从此，他决定将这份职业进行到底。

十六、

生活在他处

自从搞殡葬服务以来，吴学宝承受着社会的冷眼和偏见。特殊的服务需要他 24 小时住在店里，全天候服务。遗体接运、化妆整容、冷藏、火化、下葬……被人视为肮脏的工作。他工作时频繁接触到的字眼，旁人看一眼都唯恐沾染了晦气。他被人戴着"有色眼镜"看待。他在跟亲戚、朋友接触时，或多或少会从对方的眼神、语气中，感受到对方在有意保持着距离。平日里不用说握手、拥抱这样的亲密接触，连婚宴喜事、同学朋友聚会都被谢绝参加，生怕带来霉运。这种偏见也使他感到自卑，不自觉地缩小了自己的交际圈，并尽量在公众场合避谈自己的职业。吴学宝形容当初的那种生活状态，他说自己生活像一只耗子，热闹的地方不能去，只有别人需要他时才出现。那时连孩子学校的家长会，他都畏惧参加，他怕别人认出了他和他从事的职业。有一次，吴学宝参加孩子的家长会，别人问起他的职业，他只说是干个体的。他不愿意因为自己的职业，而让孩子在与同学交往中受到排斥。

有一次，吴学宝参加过去一位工友孩子的婚礼，被一位熟人认出来，那人热情地大声说："这不是搞殡葬的老吴嘛？好几年不见了啊，你也来啦。"说者无心，听者有意。顿时婚礼现场的客人们表情异样，目光齐刷刷地聚焦到吴学宝身上，像锥子扎他一样难受。这时人群中传来议论声："怎么连这样的人也请到了婚礼上！晦不晦气，是不是搞错了？"。吴学宝听到后，逃也似的离开了婚礼现场。

其实，与他说话的这人也不是有意伤害他，而是因为他曾经帮助这朋友家办过丧事，多年过去，人家还记得他的好，所以一见面就热情地打招呼，但因为没有虑及当时是婚礼现场而失言了。想到这里，吴学宝心里慢慢平静下来。事后，吴学宝原谅了这位朋友。

职业歧视对一个人的影响是非常严重的，不仅能伤害人的自尊，还有可能改变人的命运。吴学宝的妻子原来也有一份薪水丰厚体面的工作，因为有同事传言她老公是从事殡葬的，单位同事也忌讳与她交往，使她备受歧视陷入了生活的泥潭之中，越挣扎越陷越深。孤独无助的妻子后来选择离开了单位，与他一起做殡葬服务，相依相辅到现在。

谈起这些话题，吴学宝自信满满地笑起来，笑容十分纯净、脱俗，如霁月般清朗。

十七、

把握命运

2000年9月12日是农历中秋节，因为有家人老人去世了，请吴学宝前去办理后事。节日里家里出事，人家特别着急，在赶往处理的时候，吴学宝下车后走得太急，在大街上一个拐角处不小心撞上了一个民工模样的年轻妇女，她手中纸包里的月饼给撞落在地上。

"你没长眼睛，你赔我月饼。"那妇女一副怒不可遏的样子，没好气地冲他大喊大叫，像是要吃了他。

吴学宝一细看，其实一共就两个月饼。不知她为什么发这么大的火？也许因为自己有事太着急，便冲那妇女说："不就两块月饼，干吗发那么大的火？"。

"说得轻巧，两块月饼还是别人给钱买的。"说着，那妇女却哭了。她一哭引来了一大群围观的人，人们都以为吴学宝欺负人家了，弄得吴学宝好难为情。

后来一想自己做得也不对，于是便轻声询问这妇女为什么要哭，才知道她一家是从安徽农村来石家庄打工的，丈夫打工受了伤，老板不给钱看病，她要照顾丈夫，还带有一个小孩在身边，生活都是借钱花。中秋节了，还是同路出来的老乡给的钱让给孩子买了两块月饼。听着那妇女的话吴学宝顿生怜悯，从身上掏出 200 元钱一下塞给她，说了声"对不起"就走出了人群。

安排好别人家的丧事，回到家时，已是晚上 9 点多了，他去商场买了几斤月饼，赶回家与妻子、女儿一起过中秋节，吃月饼时他想起了在街上发生的那一幕，眼泪止不住流出来了，吓坏了妻子和女儿，都以为他在外受了委屈。最后吴学宝把撞上那妇女的事讲给她们听，全家人都哭了，个个泪眼婆娑。

这件事，让吴学宝看到了许多人都在与命运抗争，更让他明白一个道理：假如命运折断了希望的风帆，请不要绝望，岸还在；假如命运凋零了美丽的花瓣，请不要沉沦，春还在。生活中总会有无尽的麻烦，请不要无奈，因为路还在，梦还在，阳光还在，我们还在。

吴学宝说："今天，当我以平和的心态看待自己失业的人生时，觉得从某种意义上说失业充满了风险，但也是一种机遇；失业是一种压力，但它又是一种促使我奋斗的动力，所以说失业不可怕。回顾过去，自己的创业人生正是从失业开始的。这使我想起了著名影星成龙的《真心英雄》那首歌，歌中唱道：'不经历风雨，怎么见彩虹。'"他侃侃而谈："真的是那样，失业是人生的一个低谷，但它并不意味失败，是的，也许失业人员要走过短暂的沼泽人生，经历风雨和阴云，但只要我们正确认识、正确对待，相信有党和政府，有良好的社会大环境，其实天不会塌下来。不管命运多么坎坷，我们一定要相信，阳光总在风雨后，阳光下我们的影子都会硬朗起来，阳光下我们的人生依然如诗如画。"

采访时，笔者看到的是阳光灿烂的吴学宝。

十八

重树职业观

殡葬本身就是很自然的存在，是一种特殊的服务行业，服务项目相对单一，却是最与众不同的，是人们最不愿意碰触的，人们也没有办法不碰触。直接面对生死离别，对吴学宝这些从业者来说，意味着要有更强大的抗压能力，更纯粹的态度，更专业的技能。

殡葬是禁忌，死亡是禁忌，这难道不是时刻在发生的吗？我们关注禁忌，并斗胆打破禁忌。从闭口不谈、避而远之，到放轻松、来看它本来的模样。死亡，不仅为打破而打破。敢于正视淋漓的鲜血，勇于直面残酷的离别，才是真猛士。

吴学宝说，自己在从事殡葬服务时，力争做好每一步，尽最大努力守护逝者的尊严，抚慰生者的心灵，只有这样才能体现殡葬服务存在的价值与意义。

然而，磨难，总是试探并考验着吴学宝的耐心和信心。

有一对年轻夫妻，因为车祸双双死亡，留下年迈的双亲及一个幼小的孩子。吴学宝给这家做丧事时，看到死者面目全非的惨状，他知道白发人送黑发人的悲痛。在为死者整理妆容前，吴学宝没有让双方父母看一眼，妆容后，他才让看，这对死亡的夫妻双方父母哭得悲痛欲绝，椎心泣血。"你想丧子之痛是多么伤心，我都跟着哭。"吴学宝现在回忆起来还是感慨万分。

家人的离去对人们来说是人生最大的伤痛，特别是在出殡、下葬的时候，因为那个时候你才真正意识到，这一走是再也回不来了。"那种时刻人的心空落落的，感觉血在心头上涌。"谈及死亡吴学宝流露出感同身受的悲悯与同情。

做殡葬服务时吴学宝遇到过形形色色的人，而在死者家属服丧期间，最能看见一个人真实的一面。

吴学宝在做殡葬服务时也遇到不少刁钻的客户，但是他可以理解他们，因为绝大多数人在这种情况下是非常伤心、六神无主的，情绪起伏非常大。"所以我们都尽量不在那几天去计较太多的东西，体谅家属的心情是最重要的。"吴学宝情真意切地说。

丧事办多了，对赡养老人吴学宝也有自己的观点。"现在提倡厚养薄葬，其实是对的，虽然中国人的传统思想还是认为父母在的时候要尽孝，但父母走了该有的还是应该有。当然我们不提倡铺张浪费，生前怎样死后也怎样。""我觉得真正的孝心，就是内心有没有想对父母好。有没有在他们在世的时候真心地对他们好，才是最重要的。"从这些话语中，我们不难看出他的人生感悟。

吴学宝说，人们应该学会理解"慎终追远""缅怀故人"这样基本情感，以对"死亡"从现象到人生主题进行探讨思考和科学认知，有利于树立科学、健康、文明的世界观、人生观、价值观乃至生死观，传播社会正能量。法国作家拉布吕耶尔说："有三件事人类都要经历：出生、生活和死亡。他们出生时无知无觉，死到临头，痛不欲生，活着的时候却又怠慢了人生。"毛泽东说："埋骨何须桑梓地，人生无处不青山。"说的是一个人只有健康、科学、正确地看待"死"，才能积极行动、勇敢前行、奋发有为，不负韶华与青春，"活"出精彩、"活"出无悔，勇于做一个新时代的见证者、开创者、建设者。

吴学宝历经风雨，他重树了职业观。他认为人终有一死，作为一个殡葬从业者，要尊重逝者，要让逝者有尊严，同时要让生者懂得生命的价值和意义。

第二章　从善出发

慈善是春雨，能滋润干裂的心灵。

慈善是灯盏，能照亮黑暗的远方。

慈善是清泉，使情感的禾苗返青。

慈善是高尚人格的真实标记。

人，不能控制生命的长度，但可以，用善举增加生命的厚度。

怀有仁爱之心谓之慈，广行济困之举谓之善，慈善是仁德与善行的统一。

初结善缘

吴学宝有一个朋友家住太行山区的一个县，这个县是国家级贫困县。有一次，吴学宝去朋友家为其母亲祝寿，他看到了令他难以忘怀的一件事。

记得那天快中午了，村里来了一个卖干粮的，推着一辆自行车，自行车上驮着两筐馒头。他边走边吆喝着："刚出笼的新鲜馒头啊，面白劲道哟！"

卖馒头的人将自行车停在了村口，与几位村里的老头老太太聊着天，看起来很熟悉。这时，村民们听到吆喝声，有几个人走过来买馒头了。

"来，我来两块钱的。"

"好呢。"

"也给我来两块钱的吧。"

"我多来点，家里人多。"

"好的！"

一伙村民围着卖馒头的，形成了乡村独有的一幅热情洋溢的风俗画。

这时，过来一个扛着锄头的村民，一看就是从地里干农活刚回家的，向卖馒头的走过去，笑了笑说："老智，给我装五块钱的，我身上没钱，赶明后儿个你来，我给你行不？"

卖馒头的爽朗地笑着应道："行，看你说什么呢，这有什么不行！"

正在给这位买馒头的村民往塑料袋里装馒头时，不远处又走过来一个农妇，走到卖馒头的跟前，慢吞吞地说："大哥，给我来四块钱的吧。"

这妇女拿出钱一看，说："算了，我只有三块钱，就给我装三块钱的。"

卖馒头的老智关切地问："够不够？不够吃就先给你吧。"

就在他俩说话的时候，一个姑娘手里举着一张纸朝这边跑过来。远远的，兴奋地叫道："妈妈！妈妈！我考上了！我考上了！看，大学录取通知书！"小姑娘一脸兴奋，脸上乐开了花儿。

"哟，孩子多有出息，都考上大学了！你这当娘的该多高兴啊！来再送你两个馒头。"卖馒头的老智听孩子说考上大学了，又往袋子里放了两个馒头。

可这位妇女并没有因为孩子考上大学高兴，而是生气地喊道："考上了有什么用，哪来的钱上学，你想要娘的命吗？"吴学宝看到妇女两眼含泪欲滴。

这时，小姑娘像做错了事一样，低下头，低声说："娘，我不上大学，我只是想让你看看通知书，高兴高兴。"一脸无助的表情。

"孩子，我们命苦啊！"妇女说着，一把把孩子搂进怀中，母女俩相拥而泣。

卖馒头的老智将自己身上的钱统统掏了出来，伸手交给孩子她妈，说："先拿着这些钱，孩子今后的学费再想办法。"

"大哥，这怎么使得。"

"有什么，都是乡里乡亲的，谁没有难事。总不能看着孩子上不了大学吧。"

"你的大恩大德，我怎么感谢呢？"母女俩哭着向卖馒头的致谢。

这一幕让吴学宝百感交集，于是将身上仅有的五百块钱也送给了这对母女。

后来，他向朋友打听，才知道这妇女丈夫前两年上山采药材时，一不小心从山崖上摔下，花尽了家中积蓄给丈夫治病，但因伤势过重丈夫还是去世了，现在就这娘俩相依为命。

两年后，朋友从村里来到石家庄时，老吴问起这事，朋友说，这个来自邻村卖馒头的老智在小姑娘上大学的四年时间里，一直为小姑娘资助学费。为了给小姑娘凑学费，这个老智每年多跑十几个村去卖馒头，他四年时间为小姑娘上大学多蒸了四万多个馒头，才保证了其学业完成。前年，他为村里一家乡亲张罗婚宴，回家不幸得了心梗，突然离开了人世。

斯人已逝，但他留下一颗金子般的心，留给了村民和儿女们一笔价值连城的精神财富。

这个故事，像刻在了吴学宝心里，这个卖馒头的老智的形象时不时浮现在吴学宝眼前，成了他的人生参照坐标。

也是这件事，一种悲悯情怀在他心中渐渐滋生，像一棵小树苗一样发芽、成长。

也就从那时候开始，关注和体恤弱势群体，便在他心中扎下了深根，为弱势群体做事，也成了他心中的一种理想。

爱洒灾区

2008年5月12日，四川汶川发生了里氏8级地震。突然间，地动山摇，房屋塌陷，道路裂开，桥梁倒塌，一栋栋大楼瞬间灰飞烟灭。山岳怒吼，巨大的石块滚落下来，无情地飞向人群，一切只持续了几十秒钟，一座座繁华的城市变成废墟，一个个鲜活的生命瞬间凋谢。

那次地震灾害对吴学宝的影响很大。吴学宝听说地震后，他的心一下收得紧紧的。从地震那天上午起他就一天时间坐在电脑和电视前，紧盯汶川地震的震况和救援情况。他很想奔赴灾区，但理智告诉他自己不具备救援专业知识，于事无补。他在家里急得像热锅上的蚂蚁。

时间一点一点消逝，每一分钟，都有着不少灾区人民因抢救官兵与医生的资源不够，而面临着死亡的危险。在网络上，最新的消息和图片以及视频不断传来，他看到的一则视频，让他至今都难以忘怀：视频的第一画面是一座已经坍塌的楼房，这个地方曾经是一座美丽的校园，在坍塌的瓦砾堆中，一张稚嫩的小脸出现在眼前。那是一个小学生，还是一个女孩，经过了一天的掩埋，小女孩的脸由于过度饥饿和缺氧，原本红润的小脸已经变成了黑黄黑黄了。在她的脸上，依稀可以看见哭过的泪痕，还有那淡淡的绝望。小女孩看到有人救她，嘴巴还在一张一合，可是在视频中却听不到她的声音，想来小女孩在被废墟掩埋时曾经哭喊、求救，嗓子已经变哑了。看到这个小女孩，吴学宝很揪心。这时，视频中传出了声音，有人一阵大喊："这里有人！"一群官兵奔跑而来，激动地实施抢救工作。小女孩的脸上顿时充满了喜悦，弱弱地说："救救我！"一位官兵低下头，对小女孩说道："小妹妹，我们正在救你。你不要讲话。好好待着。耐心等待，给我们时间！"小女孩喝了水，很听话，不讲话了，眼巴巴地看着官兵们。由于小女孩在废墟的里层，如果动用一些抢救的机器，可能会使废墟再度坍塌，危及小女孩的生命。不能动用机器，官兵们就围成一个圈，趴下来用手来刨着瓦砾。经过两个多小时施救，小女孩周围的瓦砾终于被官兵们清理完了，小女孩成功地被解救了出来。

此时已是凌晨一点，这些官兵们已抢救了多个坍塌地点，早已累得不行了，但他们顾不上休息又奔向了另外的救援点。

吴学宝由此对解放军战士产生无限敬意。他说，看到多个救援场面，他深刻理解了中国人民解放军的含义。大地震导致数以万计的人民被困在废墟中。他们和这位小女孩一样，在瓦砾堆之中无法自救，如果官兵不能及时抢救他们，这些人的生命受到废墟压迫，死神正一点点逼近，生命将岌岌可危。在大灾大难面前，解放军战士心里清楚，只要自己松懈一秒，那么困在废墟下的人就有可能面临死亡的危险！为了受灾人民，自己苦点、累点，根本不算什么。官兵们就是秉着"早进一秒就可能多救一人"的信念，不间断地抢救着受灾群众。解放军是新时代最可爱的人。

四川汶川地震破坏严重，造成 69227 人死亡，374643 人受伤，17923 人失踪。汶川地震灾难夺去了数以万计的生命，举国悲痛。在灾后第一时间，共和国总理灾区、解放军奔赴灾区，各地的专业救援队赶到灾区……在灾难面前，中国人表现出空前的团结与友爱。因为汶川，爱像潮水一样涌现；因为中国，善如火山一样喷发。祖国各地人民有组织地举行了义捐、义卖、义演，港澳台三地同胞纷纷举办捐款捐物活动，世界各国的华人华侨齐心协力为祖国加油。石家庄也像全国各地一样，举办了多场次捐款活动。政府组织的、民间的、社团的、群众自发的层出不穷，善款和捐赠物资源源不断地送达灾区，石家庄爱心救援队也深入灾区现场。

吴学宝从电视里看到了汶川的灾情，看到一个个支离破碎的家庭，这些让吴学宝感同身受，心如刀绞，他为灾区人民感到难过。白天在广场、剧院、高等学府等场地，看到石家庄市里多地举办的火热募捐现场，他为一方有难、八方支援的场面感动和骄傲。

汶川地震使吴学宝看到了党和政府带领全国人民抗震救灾的信心和勇气，这让他备受鼓舞，更让他深深懂得了有国才有家的道理。地震激发了吴学宝心中的慈悲善念和家国情怀。灾区救援有序展开，全国各地也纷纷开展了捐款捐物活动。一场场慈善活动席卷中国大地。

震后第三天，吴学宝在电视上看到河北省慈善总会在受理捐款，于是，他拿出了 5000 元现金，直奔石家庄市慈善总会去了。因为怕别人认出了自己，把钱交到慈善总会的工作人员手中，他转身就想离开。但工作人员叫住了他，说要给他颁发一个捐款的慈善证书。他接过证书，听到工作人员热情地对他说："我代表灾区人民谢谢您！谢谢！"吴学宝感受到莫大的欣喜。吴学宝说："地震了，虽然有政府救灾，但我也是中华人民共和国的一名公民，责无旁贷，这是一个公民的责任和义务。当时捐的不多，但觉得是尽力而为的，当工作人员对我说谢谢时，我仿佛听到的是汶川地震灾区人对我说的，真切而深情，这对我而言无疑是一种激励和鼓舞。"

地震救灾那段日子，吴学宝每天最关心的是灾情和灾区人民的生活，一有空就打开电视或收音机听有关救灾的消息。他听电视里说灾民缺少被子，他与妻子商量后，又买了 100 条新棉被，100 桶食用油送到了河北省慈善总会捐给了灾区。

地震，让吴学宝感悟到：痛苦与人分享，痛苦就减少了一半；快乐与人分享，快乐就增加了一倍。从此，吴学宝坚定地走上了慈善之路。

让寒门学子不寒心

当一颗充满慈善的心打开，它就会像春天的花朵迎着朝阳怒放。

2008 年 8 月的一天，吴学宝看到石家庄市电视台制作的一档《寒门学子》节目，讲了河北平山县下槐镇下槐村一个女孩武惠娟的故事。当年，这女孩考取西北工业大学需要 9000 元学费，武惠娟的父母都是农民，家住平山县，这个县是国家级贫困县，她的父母种地为生，可以想象到生活的艰难。她家不仅经济收入较少，而且当时家中三个孩子都在上学，大姐已在上大学，最小的上小学，武惠娟的父母实在无力供她去上大学。吴学宝看到后，就决定为武惠娟提供帮助。

吴学宝并不知道武惠娟家具体住平山县哪个村，于是第二天，他拿着10000 块钱直接跑到了市电视台，几经周折，找到栏目记者，说明了要捐款的想法。记者看到了他要捐 10000 元，钱太多没有直接收下，请示台里领导后，决定领着吴学宝亲自把钱交给被救助人手里。节目播出后的第三天，吴学宝由记者带路去了平山。

路上，记者告诉吴学宝，要先去给一个叫封帅帅的孩子送捐款。记者说封帅帅也是一个学习特别优秀的学生，当年高考取得了 638 分的好成绩，被河北北方学院录取了。封帅帅父亲由于十多年前患脑瘤导致双目失明丧失了劳动能力，家里唯一收入就靠母亲种地,弟弟还在上初中。到了封帅帅家里,记者将市民李先生捐赠的 2000 元现金亲手交给封帅帅。记者拨通了李先生的电话,告诉他捐赠的钱已送到了封家。封帅帅双目失明的父亲听记者是给捐款人打的电话,说他想给这位好心人通电话,感谢人家。于是记者把电话给了封帅帅的父亲。封帅帅的父亲拿着电话,手一直颤抖,半天说不出话来,控制住激动的情绪,才说:"太感谢您了,我太无能了,不仅不能让孩子上学,还拖累了全家人……"说着抬起了头,一双看不见光明的眼睛努力地睁了睁,接着说:"我多想看到您这位恩人啊,好想当面感谢您。"说话时,封帅帅父亲的眼泪夺眶而出。

一个两眼什么也看不见而且丧失了劳动能力的父亲,一个克己而深深自责的父亲泪流满面的样子,深深刺痛了吴学宝的心,使他认识到贫穷给他们带来的伤害是多么严重。面对此情此景,吴学宝悲悯之情油然而生,情难自禁地掉下了泪水。吴学宝心情沉重地对封帅帅的父亲说:"今天我们本来是要去给另一个孩子送捐款的,没想到你家也这样困难,我身上还有 1000 块钱送给封帅帅做生活费,希望他好好学习,将来成为一个对社会有用的人。"

封帅帅一家人千恩万谢,吴学宝只是不停地说:"不用谢,不用谢。"

从封帅帅家出来,记者带着吴学宝去了五十里外的武惠娟家。武惠娟的父亲讲,他大女儿已在唐山师范学院上大学,暑假回来拿学费,家里卖了些粮食,又向亲戚朋友借了 1000 多元,好歹凑了 2000 元,正要拿上这些不多的钱走时,妹妹又收到了大学录取通知书,想到家里还有一个小妹也在上学,姐姐再也不忍心让父母为难,一分钱没从家里拿,毅然提前返校,准备向同学借钱去了。

在武家破旧小院里,武惠娟父亲正给吴学宝讲述着家里的情况时,武家小女儿可能是听到有人来了,她以为父亲又在向人说借钱的事,便从屋里出来,拉着父亲的手说:"爸爸,让姐姐上学,我就不上了。"父亲摸着小女儿的头说:"你不上学也省不下姐姐的学费啊!"老父亲看了看懂事的小女儿,接着非常心酸地说:"哪怕我卖血也得让你们都上学!"说话时,父亲已是老泪纵横。武惠娟父亲抹了一把眼泪,指了指吴学宝对小女儿说:"你看,这不是好心的吴伯伯给你姐姐送来上学的钱了吗。"懂事的妹妹,听说有人给姐姐送钱来了,"扑通"一下跪在了吴学宝面前。吴学宝一愣,伸手准备扶起地上的孩子,没想到这时武惠娟也一下跪在了吴学宝跟前,一旁的电视台记者放下手中话筒上前扶起了武惠娟。

吴学宝看到两个懂得感恩的孩子,此情此景,心里久久难以平静,心酸得热泪盈眶，一时间，激动得说不出话来。

如此贫困的一家人，他们在困境之中，还是那样积极向上，那么注重礼节。武家人为表示感谢，早已给吴学宝准备了一小袋红豆、小米，临行前武惠娟和妹妹搭着梯子又从爬满院墙的瓜蔓中找出了一个北瓜，非要吴学宝夫妇带上，并向吴学宝表决心说："谢谢吴伯伯，我一定好好学习，不辜负您的期望。"吴学宝还能说什么呢，他只是对孩子说，不要把这捐钱的事放在心上，好好学习就行，将来报效祖国，就是对他最好的报答。走时，按照吴学宝的要求，他们互相没有留下任何联系方式，吴学宝是怕武家人心存感念，怕影响人家今后的生活。

滴水之恩涌泉相报，武家人不是那种忘恩负义的人。后来，武惠娟的父亲通过电视台还是找到了吴学宝，虽不常见面，但逢年过节时都不忘给吴学宝打电话问候，武惠娟的父亲还专程到石家庄市里看望过吴学宝，表示永生不忘记救助恩情。

现在武惠娟从西安大学毕业后，落户当地，已成家立业，还给吴学宝寄过陕西的土特产。

问到吴学宝对慈善的理解时，他说："慈善本身就是一种快乐、一种满足，我没有能力改变世界，但我能用爱心去温暖这个世界。"听到他情真意切的话，人们为他的慈心善举感动不已。

是的，慈善不是简单的施与，它是人类社会中最伟大和最崇高的事业，当我们真心实意地做关于慈善的任何事情的时候，总是能在其中找到让我们幸福与快乐的真谛。我们要懂得慈善的真实内涵，只有这样我们的国家才会昌盛，我们的社会才会和谐，我们的人生才会璀璨升华且不留下任何遗憾。

图 3-1　吴学宝（图中）向贫困大学新生捐赠学费

爱的宽度

捐助了武惠娟和封帅帅上大学之后，对两个孩子在大学期间学习的了解，引发了吴学宝对资助寒门学子上大学更深层次的思考和认识。如果一个农村孩子因为贫困考上了大学而上不了大学，他们只能屈服于命运，步父母后尘当农民。他说，如果这些农村贫困孩子上了大学，学有所成，成为国家需要的人才，的确对国家、对家庭的贡献比一个农民种地所做的贡献要大得多。

武惠娟在与他的通话中讲过自己所学的知识，吴学宝总爱问这些知识将来用在什么地方，武惠娟给他汇报说将来可以用来造机器，为国家搞大型建设。吴学宝常听武惠娟这样讲，虽然一知半解，但他觉得这孩子将来会有出息，同时他认定我们国家建设离不开这样的人才。于是他决定要多想办法去捐助那些像武惠娟一样上不起学的农村贫困孩子。

2009 年自己两个女儿也上中学了，给女儿留足了学费后，他与妻子决定再捐助一些农村的贫困学生。可他生活在城市，缺乏农村的信息，他想石家庄附近的几个县都地处太行山区，肯定像武惠娟这样考上大学又上不起大学的学生会多些。他想到以前捐助武惠娟是电视台找的平山县团委，于是他与平山县团委取得了联系。吴学宝想，平山不仅是国家级贫困县，还是革命老区，中华人民共和国成立之前，中央在西柏坡驻扎过。那时，平山县人民不仅给中央机关提供了粮食，还保卫了中共中央的领导人，使新中国从这里走来，才使今天的自己有了这样的幸福生活。想到这些，他决定直奔平山县。

记得那天，吴学宝去了平山县团委，团委的干部们热情地接待了他。吴学宝坦诚地说自己的生意不是太好，如果一年能挣一万元，他可以拿四五千捐助给孩子们上学，如果一年只挣两三千，那也得拿出一千元来捐助。"虽然我的钱很有限，但我会尽自己最大的努力来帮助孩子们。哪怕只能帮一个，我也觉得是自己应该做的。"他诚挚的话语流露出浓浓善意，一副古道热肠透出助人为乐的美德遗风。

团委的领导们听说他自己的孩子也正上学也需要花钱，生意也不是太好，最后商量每年由他资助两名贫困大学生上学，县团委给他提供捐款对象的信息。吴学宝同意了团委的建议，并守诺至今。

说起做慈善的初衷，吴学宝感慨良多。他说自己见到的生死离别太多："有些人家里富裕，穿金戴银地走；有些人贫穷，衣着朴素地走；还有些人，年纪轻轻，即便丧事办得风风光光，也难掩白发人送黑发人的悲痛。"吴学宝认为钱财是身外之物，生不带来，死不带去，人死了有再多的钱也没有意义，而能用钱财帮助活着的人才是正道。"那些贫困学生如果因交不起费用而无法进入大学，那他们的一辈子就要被耽误了。"在他看来，资助这些学生非常有意义，不仅让孩子们成了才，而且自己在资助中收获了安心和快乐。

从此，吴学宝戒烟戒酒，生活变得特别简朴节约，为的就是省下每一分钱用来资助考上了大学而上不起大学的孩子们。

节约不为自己

2008年时，吴学宝全家一年收入也就一两万元钱。一年要保证捐助两个孩子上大学，这是吴学宝掷地有声的承诺。为了省钱，他是挖空了心思，想尽了办法，生活上全家人只要能吃饱肚子就行。

有一天，爱人只炒了一个白菜，小女儿吃饭时不高兴了。吴学宝就给孩子们讲起毛主席勤俭节约的故事。他说，毛主席一生粗茶淡饭，睡硬板床，穿粗布衣，生活极为俭朴，一件睡衣竟然打了73个补丁，穿了20年。经济困难时期，他自己主动减薪，降低生活标准，不吃鱼肉、水果。20世纪60年代，有一次他召开会议到中午还没有结束，他留大家吃午饭，餐桌上也是一大盆肉丸熬白菜，几小碟咸菜，主食是烧饼。讲完毛泽东的故事，他对女儿说："毛主席是我们这么大的一个国家主席，他老人家都吃白菜，你怎么能不吃白菜呢？"

见女儿听得似懂非懂。于是，他拿出了电视台送来的一张光盘在电脑上播放，这张光盘是电视台那天去给封帅帅送捐款的录像。封帅帅家境贫寒，爸爸双目失明，画面中刚好有一个破旧餐桌，桌上有个盘子里有点吃剩下的青菜，另一个盘子里还有张玉米面饼子。吴学宝按下了暂停键，指着画面里的食品仔细给女儿讲解封帅帅家如何贫困，吃的是些什么东西。当他回看光盘，见封帅帅爸爸给捐款的好心人打电话那种无助的表情时，吴学宝也一时语咽。他告诉女儿，这个叫封帅帅的孩子就是在这样一个困难家庭里，刻苦学习考上了大学，可是他们没有钱上学啊。说到这里他的眼泪止不住流了出来。

他继续播放光盘，后面是他与爱人去给武惠娟捐款的内容，当他与爱人出现在电视上时，女儿神情专注地看完了，问他："爸爸，这个武惠娟家也是因为穷吗？"

"是啊！"吴学宝一边说一边观察女儿的表情，他见女儿神情凝重起来，似乎懂得了生活的意义。

这生动的一课真的让女儿受了教育，从此，女儿吃饭再也没有挑过饮食。

吴学宝经常对家人说，我们一家人节约不是为了自己以后吃住更好，而是要把节约下来的钱去帮助更多的人。

为了节省家庭生活支出，多增加些收入，他将家里房子租出去了，一家人搬到了门店，吃住都在店铺里。因为要开店，同时一家人要住，房屋显得特紧张。吴学宝老两口的卧室即厨房，厨具紧挨着一张大床，同时这间屋子还兼做客厅，也做业务洽谈。从2009年一直到了现在他们都是居住在这样的环境里，吴学宝夫妇很少买新衣服，他说只要不冻着就行。

慈善的执念一直让他生活节俭，用吴学宝的话说，要把钱花在刀刃上。这个"刀刃"就是资助寒门学子上学。

非亲非故资助素昧平生的学子，在有的人看来是犯傻，但吴学宝认为自己是为了国家培养人才。

二十四、
买菜那些事

买菜在家庭生活中是最普通的家务事，但在吴学宝家却是一件大事情。在家里买菜的活基本上都是他去干。这是为什么呢？

原来，在20世纪90年代，石家庄市刚刚兴起超级市场，因为超市里货物全，大到生活用品，小至针头线脑都有，还有人们三餐所需的粮食和蔬菜，人们买东西都喜欢到超市。

有一天，大女儿去超市卖了两斤多菠菜，拿回家吴学宝一看单子上打出的价钱为三块二毛多。吴学宝以为是超市算错了账，结果他问女儿是不是超市收钱弄错了，女儿说没错。因为吴学宝买菜有个习惯，就是去农贸市场，那里不仅接地气，菜品保留了一些从地里出来的鲜活相。用吴学宝的话说，这如同交朋友你知道他老家是哪里的，现在又居于何处，让人心里感觉踏实。当然，最让吴学宝看中的是农贸市场的菜的确便宜，如农贸市场的菠菜就是用草绳一扎一大捆，一捆有四五斤，买的时候，都论捆卖，一捆也就三两块钱。虽然没去根，但数量上绝对有优势。超市的菜统统都是经过洗拣加工后的，看上去干净水灵，但要贵不少钱。家里其他人去买菜，总喜欢去超市，买回的菜肯定贵，这是吴学宝发现和总结的经验，大女儿买菠菜特贵，他就决定家里买菜的事自己去。

那时吴学宝算过一笔细账，每天一家人吃四斤蔬菜，如果从农贸市场买，可节约一块多钱，一年能节约四百多元，这是价差上节约的，如果加上数量多出的部分，同样的钱买的菜更多，全家又可多吃几顿，里里外外一算起来，全家人每年就可能节约上千块。他说，起码这些钱就可用于去山里资助学生的路费。特别是现在物价上涨，超市和农贸市场的粮食和蔬菜价差更大，一年下来，全家可节约出的钱，可捐助一个孩子半年的学费。

吴学宝多年这样坚持到农贸市场买菜，像个秘密一样藏在生活里，一般人不知道其中原因，说他生活抠门，其实谁知道他为的是帮助更多需要帮助的人呢？

男子汉的眼泪

2012 年夏天，有一天中午，吴学宝去殡仪馆为一家的老人办完火化后事。他和同事小马开车从郊区赶回市里，小马这时才想起中午要去学校接孩子的事。眼看天空乌云密布，他叫小马直接开车去学校，他坐公交车回家。他下车后，天突然下起了大雨，他打着伞走在回店铺的小街上。这时，他发现正前方有一个步履蹒跚的老太太，见老太太淋雨，他箭步冲过去，把雨伞打在老太太头上。老太太说她家就住在附近，于是吴学宝坚持把她送到家。

由于雨太大，又刮着风，一把雨伞只能遮挡着老太太，虽然吴学宝贴身护着老太太，但他的大半身还是露在雨中。大概在雨中才走了三四百米的距离，吴学宝的浑身上下就被雨水淋透了，像是一只落汤鸡，衣服紧贴在身上。

他与老太太走到了楼门前，正巧遇到了老太太儿子儿媳拿着雨具要去接老太太。老太太见到家人，指了指吴学宝感激地对儿子儿媳说："多亏这同志，要不是他，我会被雨水浇透了。"老太太这时才注意到吴学宝浑身湿透。"要不去我家换身衣服，别着凉啦。"吴学宝连连摇头，忙说："我家就在附近，不用了。"

老太太儿子对吴学宝说："谢谢这位大哥！"

可儿媳妇却用异样的目光上下打量着吴学宝，然后怪声怪气地说："你不是做殡葬的吗？难道你自己不知道自己是干什么的吗？贴得那么近，自己不嫌晦气，但别人怕晦气啊？"

原来这家儿媳知道吴学宝是搞殡葬服务的，也知道他家的店铺就开在前街上。

吴学宝一下明白了为什么，也不与她理论，打着雨伞，扭头就走了。只听那家儿媳妇在后面说："妈，刚才送你那个人，就是前面街上搞殡葬服务的人，你没闻到他身上一股死人味。"听到这话，吴学宝心里冰凉，眼泪夺眶而出。好在路上行人不多，没人看见。

回到店铺时，妻子见吴学宝淋成那样，忙着给换了衣服，问他怎么打着伞还淋透了，他只是敷衍说："雨大，还刮着风。"

那天晚上，他让妻子多炒了两个菜，自己买了瓶酒，喝了个酩酊大醉。这是他戒烟戒酒后重新喝酒，也是他平生第一次喝多了。

过去吴学宝遇到过邻居们忌讳与他接触，特意种植寓意吉祥和辟邪的花树，平常见面也不主动打招呼；之前的同学朋友，知道自己从事的工作，他极少主动联系；每逢有喜事，亲戚朋友也很少告知……"下班后没什么活动，大多是在家看看书报，或者看电视，很少出门。"谈起让自己最高兴的事，就是同行出去旅游心情会特别好。

其实从事殡葬职业不是简单的体力活，需要技术、道德，更需要责任心。社会上有的人看不起他的职业，但当他们的亲人去世后，远离尸体怕给自己带来晦气时，是吴学宝这样的从业者帮助他们处理家人的后事。现实生活离不开这样的群体，但总有那么一些人对他们带着偏见，谁理解他心中的苦呢？

给自己定下捐助任务

平山县杨家桥乡水观村是前两年刚从山上搬到山下的村庄，一条土路是村里通往外界的唯一的道路。就是在这闭塞的环境里，有一个女孩 2010 年高考时取得了 580 分的成绩，收到了燕山大学的录取通知书，这个女孩叫王二丽。收到通知书，她在短暂的兴奋之后就彷徨起来。因为她担心自己的命运会与三年前的姐姐一样，最终无法走进梦寐以求的大学校园。

王二丽的父亲左眼先天失明，四年前还是家里的主要劳动力，可在一次劳动中，他摔伤了胳膊，治疗花去了家里的所有积蓄，后来无钱可治，留下了胳膊肌肉萎缩的后遗症，还有癫痫病，什么活也干不了，只能在家闲着，家里种地挣钱的活全由体弱多病的母亲和八十岁的奶奶承担。三年前大女儿考上承德医学院时，因为家里没钱交不起学费，姐姐为了减轻家庭负担，便没有去上大学，留在家里干农活了。王二丽好歹在亲朋好友的资助下上完了高中，以如此优异的成绩考上了大学。吴学宝捐助了 5000 元。

2008 年吴学宝捐助武惠娟之后，他根据自己的收入情况，计划每年捐助一个贫困大学生上学。但他看到平山是革命老区，每年考上的大学生太多。他想上大学对这些寒门学子而言是人生的一道坎，如果不帮他们翻过去，那他们将会落入人生低谷。吴学宝坚信这些孩子们上了大学会改写他们的人生轨迹。为此，他与爱人商量，根据自己的收入和生活开销情况，自己每年能资助两名寒门学子上大学，就这样他自己给自己定下捐助任务。

那天，吴学宝同时还要捐助的是平山镇川房村的祁波波，当年高考成绩为 617 分，名列全县第二，考上了华北电力大学。然而近七千块钱的学费，成了他通向大学的拦路虎。考上大学对一般人来说是喜事，但对祁波波家里人来说那是雪上加霜的愁事。家里东凑西凑好不容易才凑了一千多块钱。祁波波的母亲有胃病和风湿病，常年吃药，靠种地的每年收入还不到两千块钱，拿药还不够，看病吃药已使这个家庭债台高筑。

祁波波是个懂事的孩子，每年假期他都要外出打工挣钱用来交高中学费，靠打工想去上大学可说是杯水车薪。接到吴学宝的捐款，祁波波感动得热泪盈眶，他说一定好好学习，将来成为一个有用的人才，回家乡建设家乡，改变家乡贫困落后面貌。

两封书信

  大概是 2011 年开学季，吴学宝又去了一个贫困学生家中，给考上大学的新生捐助了 5000 元现金。但他看到这家人非常贫困，家里连电视机也没有，吃的饭就是小米粥，菜就是一碟萝卜做成的咸菜。吴学宝看到这家境后，走的时候又拿出了 1000 元钱想留给孩子的父母改善一下生活。可没想到的是，这个刚考上大学的孩子，见母亲要接过钱时，他上前一步，从吴学宝手中抢过了钱。当时，吴学宝一惊，心想这孩子是不是怕去了学校生活上有困难，要把这钱带走。

  孩子拿过钱，转身对他母亲说："妈妈，我们不能要吴叔叔的钱啦。"接着又面对吴学宝说："吴叔叔，我们家的困难是暂时的，我已接受了您的捐款，我们非亲非故，你的无私让我感激不尽。"说完，他硬把钱塞给了吴学宝。搞得吴学宝一时不知如何是好，只好收回了那 1000 元钱。

  孩子一家热情洋溢地送走了吴学宝，互相也没有留下联系方式。

  然而，大概在九月中旬，吴学宝收到了一封信，写信的正是这位学生。

  尊敬的吴叔叔：

  您好！

  非常感谢您资助我上大学，这令我没齿不忘。那天，您在我家，可能我的表现有些唐突，我知道您的好意，但还是觉得过意不去，考上大学，的确给家庭增加了负担，您慷慨解囊，无私帮助令我感动不已，当时觉得的确不能再要您的钱了，本来您是来捐助我上大学的，不能再让您帮助我们家生活，生活上我们可以吃差点儿，穿破点儿，这是能过去的。现在我办了助学贷款，一切都会好起来的，我会努力学习，报答您，报答社会。

  祝万事如意。

一个您帮助过的学生

2012 年 9 月 20 日

时隔四年，吴学宝再次收到这个学生的来信，他已考上了北京一所大学的研究生。他在信中写道："……如果没有您的帮助我的大学梦可能就是肥皂泡，在我们全家寸步难行时，是您伸出了援助之手，我心里千万次地感谢您。虽然四年少有联系，但心中念念不忘，不敢忘了您的大恩大德。在大学四年时间里，我怀着强烈的求知欲望，生命流露出本能的顽强，一边上学一边勤工俭学，顺利地完成了学业，现在已考上了研究生，完成了一场与命运的抗战。我要努力学习，做一个国家需要的人，将来让父母也过上好日子。我决心要做一棵蒲公英，把您无私广博的爱心带到我所到之处，帮助那些需要帮助的人……"

读着这封来信，吴学宝心里觉得踏实，一方面他知道这个孩子成才了，另一方面从信中看到了这个学生的淳朴、真诚，有着不一样的胸怀，懂得感恩。

读过信，吴学宝也明白了一个道理：帮助别人不是越尽心、帮得越彻底越好，还要考虑别人的感受，接受别人的善意，也是有心理成本的。

这次捐款之后，吴学宝每年到了受捐者家里后，就是给完钱走人，也不留人信息。他担心给孩子和家里人带来生活上的影响，他要让受助人心安。

二十八、

贫困的隐情

2012年秋季开学之后的一天，吴学宝接了一个电话。

"吴叔叔，我是你资助的一个学生叫吴琼芳，我已到学校上学了，谢谢团委资助！"

吴学宝想了想，终于想起了这个学生，便说："能上学了就好，不用谢，要好好学习！"

"我一定刻苦学习。"对方沉默了一阵，继续说："吴叔叔我学习需要一台电脑，您能给团委领导说一下，给解决一下吗？"

"电脑？"吴学宝想自己没有答应给买电脑啊，便说："我没在团委，也不清楚他们能不能解决。"

"您能给领导说说吗？"

"我想电脑应该自己买吧。"

"可我哪有钱买啊?"对方明显带着哭腔,"不行就算了。"吴学宝正想问明情况,对方把电话挂了。

吴琼芳电话里带着的哭泣声让吴学宝非常揪心。过了两天,他又找出了这孩子的电话打过去,可对方接了电话,一改过去的哭腔,平静地说:"谢谢叔叔,不用麻烦了。"

吴学宝以为这孩子电脑已买上,他也放心了。不料,夜里,他突然接到了孩子爸爸的电话,向吴学宝道歉,说孩子不懂事,不应该打电话要电脑。孩子爸爸在电话里说:"我给孩子说吴叔叔帮助解决了学费,已经欠了个大人情,怎么好意思向你要电脑呢。我打电话说明了情况,批评了她。"

经这么一说,吴学宝才清楚事情原委,那学生以为学费是县团委资助的,她认为是团委派吴学宝送去的,错把吴学宝当团委的人了。所以又打电话希望团委给资助一台电脑。

吴学宝与孩子爸爸通着电话,听到电话里传来一个人的声音,叫道:"快叫医生,二床的病人在抽搐……"吴琼芳的爸爸突然把电话挂了。

过了一阵儿,吴学宝回拨了电话,吴琼芳的爸爸语气低沉悲痛地说:"孩子她妈妈去世了。"

吴学宝犹如听到一声惊雷。他第二天问清了吴琼芳老家地址,去家里看望了孩子爸爸。到了家里,他才知道,在八月份,吴琼芳妈妈已经查出癌症晚期,但家里没钱,也没去医院治疗,用了一些民间偏方治疗,但不见好转,一直拖到病人疼痛得受不了时,才去了医院。吴学宝在知道事情原委后,才明白孩子为什么在打电话时哭泣了。于是他又给了吴琼芳爸爸 2000 元,用于安葬孩子妈妈。吴琼芳回家给妈妈办丧事,吴学宝在葬礼时要了吴琼芳的银行卡号,回家后就去银行打了 10000 元钱,让吴琼芳买电脑,并鼓励她要化悲痛为力量,努力学习。这事让吴琼芳一家人感动得不知说什么好。

见不得别人受穷

2013 年,根据吴学宝与平山县团委达成的捐赠协议,当年他要为平山县的范正与魏晓林两个考上大学的孩子捐赠新学年的学费。

记得去平山时，正好市电视台的记者们要带着石家庄南三条批发市场的捐款人去灵寿县搞捐款活动。吴学宝便搭乘了他们的车。车刚出市，想到吴学宝去平山近些，就先让他去平山。车行驶了一个多小时，就到了范正家，捐完款又去了魏晓林家。吴学宝为两个孩子各捐了5000元。他想自己的事办完想回市里时，大家一合计，如果派一辆车送他先回市里，其他人就坐不下了，另有三个回去就没车坐。最后大家只好劝他跟着一同去灵寿。

灵寿先去的一个村里有两个孩子，一个叫陈迪，一个叫马文姚。陈迪家由于妈妈生病，已经向亲戚朋友借了不少钱，两间破房子年久失修，破旧不堪。一走到陈家，见到吴学宝一行人，陈迪父亲说孩子怕自己没钱上不了学，决定早些去学校，看看能不能申请到助学贷款。孩子走时的路费，是乡亲们你十块他五块这样凑的。陈迪父亲一个劲不停自责："都是我这个当父亲的无能，连孩子上学都送不起。"说着说着泣不成声起来。看着陈迪的父亲哭泣的样子，吴学宝感到特别不是滋味。南三条来的捐赠人将捐款递到了陈迪父亲手上，这位饱经风霜的父亲说："欠你们的情，我这辈子还不了，一定要让儿子还，儿子还不了，一定要叫孙子还。我们一家子子孙孙都会记住你们的好，谢谢你们这些好心人。"

看到陈迪父亲穿着破破烂烂的衣服，听着他发自内心的自责，吴学宝说他不仅同情，更重要的是看到了一个男人的担当。

从陈家转了一个弯，沿着长满茅草的小路，就到了马文姚家。一看，这家的房子还不如陈家好，墙壁到处掉皮，家里没有一件像样的家具，门窗歪歪斜斜的，窗户上有的玻璃破了用报纸糊上的。原来这家老父亲长年生病下不了床，不能外出打工挣钱，马文姚的妈妈一个人种着几亩旱地，收点粮食只够家里吃，根本没有余粮可卖，孩子上高中的学费都是亲戚接济的，现在要上大学，愁坏了孩子妈妈。

吴学宝看到两家的困境后，打电话把来灵寿看到的两家情况给家里媳妇说了，他决定给每个孩子捐5000元。可媳妇在电话里说家里没有那么多钱，于是吴学宝只好让她先找朋友们借，凑齐后，给他打到卡里，他再去灵寿县城取去。

为了等媳妇在家借钱，他与一司机先去县城等着。还好，车开到了灵寿县城时，他媳妇打电话告诉他钱已借到了，已打到卡里。于是他取出钱，急急忙忙回到村里，分别给陈迪和马文姚家送去。两家人从吴学宝手里接过钱，感激涕零，激动得不知说什么好，只听到两个字"谢谢！""谢谢！"吴学宝说："什么也不要多说，谁家都有着难的事，希望你们的孩子能上学，有出息了，我就心满意足了！"

在开车回市里时，车上人对吴学宝说："老吴，你今天一激动多捐出去一万块钱，可不是小数啊，况且你这钱还是叫媳妇在家找人借的，回家后嫂子会不会嫌你多管闲事？"

吴学宝平静地说："的确没有这个捐款计划，但我见不得别人受穷啊！"

一句朴实无华的话，道出的却是慈善本心。

为了三个孩子的明天

2014 年 8 月 23 日一早，吴学宝又一次来到平山，这次，他为三个品学兼优的贫困学生送去了他的心意。

家住平山县上观音堂乡下盘松村的韩建光考上了华北理工大学冶金工程专业。下盘松村位于平山县西北部的深山区，韩建光的父母以务农为生，今年均已 60 岁，他的哥哥在重庆一所学校里读研究生。

到韩建光家时，小韩正在屋外的一个露天土灶上生柴火做饭，生火搞得农家小院烟雾弥漫。见到吴学宝，他跑进屋子里拿出了大学录取通知书欣喜地递到了吴学宝手上。他的表情流露出考上大学的激动和喜悦。但说起家庭情况时，小韩迅速收起了脸上的笑容。当吴学宝细看他的大学录取通知书时，小韩生怕吴学宝说他的录取通知书是假的一样，显得局促不安。吴学宝看完录取通知书后，从一个布袋里取出一个信封，再从信封里抽出 5000 元钱，并将爱心款放到韩建光手中，韩建光向吴学宝深深地鞠了一躬："我父母年龄都大了，哥哥和我都需要用钱，家里很困难，今天吴叔叔来帮我，真的是解决了我们家一个大难题，上学后我要好好学习，课余我要打工，靠自己的能力减轻家里负担。等我以后有能力了也一定会像吴叔叔一样帮助有困难的人。"

接下来，吴学宝又赶往岗南镇郭苏村的王梦瑶家和南甸镇魏家院村的杨泽群家，分别将 5000 元爱心款交到两个孩子手里。

王梦瑶考入了唐山师范学院物理系，但她父亲去年患了腰椎间盘突出，花了好几万块钱，虽然现在康复了，但干不了重活，家里全靠母亲种地维持生计。王梦瑶表示，以后会勤工俭学，减轻家里的负担："我一定努力学习，用成绩来回报吴叔叔。"当吴学宝问起她的理想时，王梦瑶说："我特想当老师，像我们这种出生在大山里的孩子还有很多，渴望知识，我以后毕业了一定选择去山里的学校教书，对农村教育做出贡献。"

杨泽群当年被沈阳药科大学制药工程专业录取，他原本有个幸福的家庭，一家人的日子过得红红火火。然而，前年杨爸爸被查出患了再生障碍性贫血，治病花去了40万元。"医生说这个病即使连续治疗也说不准什么时候能完全好，我们现在什么时候有点儿钱了，什么时候去医院输一回血小板。"杨妈妈在得知杨泽群考上大学后，一个人偷偷地哭了一夜。"孩子从小成绩就不错，还说以后要读研究生呢！可是我们家现在这个状况哪有钱供孩子上学啊！我家已经欠了别人20万块钱的债了，以后的生活我都不知道该怎么过下去。""我妈妈很不容易，既要照顾爸爸，又要干活赚钱。今年高考结束我就去了镇上的饭店里打工，希望能帮妈妈减轻点儿负担。"对于吴学宝的到来，杨泽群妈妈激动得几次落泪。

帮一个是一个

2015年8月13日，吴学宝驱车前往平山县，为2名正发愁学费的寒门子弟送去了应急钱。这已经是吴学宝资助平山贫困学生的第8个年头了。8年里，吴学宝捐资20多万，资助了十多位贫困学生。吴学宝说："有生之年，会一直把善事做下去！"

清晨，吴学宝驾车来到岗南镇石盆峪村，给村里的贫困准大学生刘雨璇送来5000元学费。

刚走进刘雨璇家的大门，眼前的情景让他吃了一惊。这是60年前盖的土坯房，屋里没有一件像样的家具，一家8口人就挤在两间十余平方米的房子里生活，一张床有时要睡4个人。"我父母离异，母亲再婚嫁到了这里。"刘雨璇说，继父膝下有一双子女，婚后母亲又生了两个妹妹，奶奶年纪也大了。家里人多地少，继父又因伤住院，做过两次开颅手术，至今不能干重活。一家人的生活重担都压在了母亲身上。上个月，西北农林科技大学的录取通知书送到了刘雨璇手中，她开心之余发起愁来。"学费需要 4950 元，家里根本凑不出来。"刘雨璇说，正在家人一筹莫展时，平山县共青团委告诉她，有好心人愿意资助她 5000 元学费。"谢谢吴伯伯，我一定好好学习，不辜负您的期望。"

另一名受助学生是观音堂乡秋卜洞村的陈小倩，她以 615 分的成绩考上了西南交通大学。陈小倩出生三个月的时候，父亲因车祸去世，小倩自幼和爷爷奶奶相依为命。2011 年，爷爷去世后，小倩和奶奶一起暂住在姑姑家。"姑姑家也有两个孩子，家庭生活并不富裕。"陈小倩说，在她最需要帮助的时候，吴叔叔伸出了援助之手，她以后有能力了也一定会像吴叔叔一样帮助有困难的人。

"你入学后有什么需要，可以随时和我说。"吴学宝得知陈小倩是一名孤儿后，当即决定要长期资助她。

"不能因为钱的原因就让贫困的孩子失去上学的机会，在我有生之年，我会尽最大的力量，能帮一个是一个。"吴学宝说。

长大了

2016 年 8 月 25 日，在平山县团委的协调下，吴学宝一早从石家庄出发去给两位贫困大学生送钱。他先去了北冶镇黄安山村的赵亮家。三年前赵亮爸爸去世，生活重担压在了妈妈樊海瑞身上，由于劳累，赵亮妈妈也生病了，家里地也没人种，近两年一直靠女儿接济。赵亮以前是个十分活泼的孩子，但爸爸去世后就变得寡言少语了。7 月下旬赵亮收到了燕山大学的录取通知书，母子俩去了县教育局和民政局申请贫困助学金，工作人员说已过了截止期，母子俩一下陷入了绝望中。村里扶贫干部肖勇得知情况后，赶忙联系了县团委的同志，团委的同志又联系到吴学宝。另一名受助学生是玉坡乡老疙瘩村的陈璐。陈璐当年高考考出了 691 分的好成绩，被南京大学信息管理与信息系统专业录取。2012 年陈璐妈妈被诊断为肺癌，爸爸花光了家里所有积蓄，还借了不少外债，也只让妈妈多活了 7 个月。妈妈去世让整个家庭陷入了困境，家里爷爷又多病，弟弟上初中，全家就靠爸爸打工赚钱养家糊口。

当年高考后，陈璐和两个同学一起开办了辅导班，给十几名初高中生辅导功课。陈璐说："虽然每天很辛苦，但能赚点生活费，挺好的。"

"小姑娘很可爱，又上进，入学后有什么需要，可以随时和我说。"吴学宝拉着陈璐爸爸的手说。

跑了整天，吴学宝给两个孩子 10000 元现金。

赵亮现在大学毕业在保定一家公司工作了。他说，这些年自己靠业余勤工俭学的收入，读完了大学。他念念不忘吴学宝。他说："在上大学的四年中，自己只是在逢年过节的时候给吴伯伯发个短信表示一下问候，一是怕联系多了，他了解到自己的处境困难会继续帮助他，这样让他自己会觉得受之有愧，不沾亲不带故的，帮助我走进大学校园，就已是大恩大德了。虽然这四年过得非常艰苦，但是有学校提供的工作机会，总算能对付生活。自己认为自力更生也是对吴伯伯最好的回报。"

陈璐在南京大学本科毕业后，保送进了上海交通大学，她说相信自己会用知识改变自己的生活，在学有所成后一定要报效国家，也要像吴伯伯那样传递爱心，帮助社会上更需要帮助的人，不论是用金钱还是用自己学的知识，她都能做得到。

我们从两个孩子身上都看到自立自强的意志和决心。了解到两个孩子的现状时，吴学宝开心地笑了，他难掩激动地说："看来孩子们都长大了！"

"长大了"看似一句平常的话，这是吴学宝对孩子们的一种肯定，同时，也是他对自己慈善义举有了满意结果的一种欣慰表达。

希望小学有希望

2016 年 9 月开学后，石家庄电视台采访报道了平山县唐家沟一所希望小学缺体育用品的事。吴学宝从电视上看到后，就去采购了一批体育用品和学习用品送到了学校。

9 月 15 日，那天风和日丽，吴学宝开车拉着一车篮球、足球、羽毛球、乒乓球、跳绳等常用体育器材和学习用品去了学校。

他的到来，使这个山村学校沸腾了，孩子们欢呼雀跃。学生们好奇地摸摸足球、篮球，个个爱不释手。吴学宝见孩子们只是将球抱在怀里，举在手上观看，以为他们不会玩，他疑惑地问老师，是不是这些孩子不会玩啊。一个体育老师上前说，他是专业体育老师，学校里体育教学用品稀缺，一个篮球，上篮球课，一个人只能拍一分钟，舍不得让孩子多拍，怕坏了没有用的了。上足球课，篮球又当足球用，只能教学生们运动规则和技巧，但没有球让他们练习。说着这些，这位老师有些哽咽。

吴学宝终于明白了，不是孩子们不会打球、踢球，而是因为不是上体育课的时间，怕把球玩脏玩坏了，他们是舍不得而已。于是，吴学宝大声对学生们说："孩子不用愁，用坏了，我再从市里给大家买些送过来。"孩子们听了他的话以后，顿时兴高采烈，一片欢腾。其中一个男孩子听了他的话后，抱着篮球直奔篮球场而去，一群孩子蜂拥跟过去，只见那孩子弯着腰拍打着篮球，篮球在他的手下前后左右不停地拍着，两眼溜溜地转动，寻找"突围"的机会。突然他加快了步伐，一会左拐，一会右拐，冲过了两层防线，来到篮下，一个虎跳，转身投篮，篮球在空中划了一条漂亮的弧线后，不偏不倚地落在篮圈内。拿着足球的把球放在脚下飞起一脚就把球踢给了远处的孩子。

小小山村小学那种热闹场面，看得吴学宝眼花缭乱，眼睛都不够用了。

在希望小学，吴学宝看到了未来和希望。他笑了，开心地笑了。

吴学宝还捐资平山北望楼小学、西柏坡中学。他说，学校是培养人才的摇篮，学校破旧了，会影响孩子们的学习，学习不好，会影响孩子们一生。学生是祖国的希望，也是一个家庭的希望，孩子们学习好了，有出息了，对家庭、对国家都有好处。

由此可见，吴学宝朴素的教育理念中，蕴含着家庭脱贫致富和国家兴旺发达的大情怀。

图 3-2　吴学宝为石家庄市平山县北望楼小学捐助桌椅、板凳、学习用品、体育用品，
价值共一万元

三十四、

帮帮人心里舒坦

2017 年 8 月 12 日，吴学宝驾车赶到平山县平山镇，给贫困准大学生 17 岁的褚朦宇送去了 5000 元学费。走进褚朦宇的家，破旧的墙皮映入眼帘，环视四周，简单而陈旧的家具依然在继续它们的使命。褚朦宇的父亲因儿时患大脑炎导致智力低下，母亲因为父亲智力低下，难以养家，在儿子 5 岁时便与父亲离婚了，本来就智力低下的父亲因家庭变故打击，受到了严重刺激，智力再次下降。他父亲现在的智力仅相当于一个七岁的孩子，根本没有劳动能力。爷爷奶奶养活着他们父子。谁知这家祸不单行，爷爷后来又患了脑梗。"朦宇爷爷患脑梗有 20 多年了，光他爷爷的医药费就花了 20 多万元，前段时间刚去世，这么多年下来，仅靠我每月三千元的退休金来苦苦支撑这个家，现在还得

养活他们父子，实在凑不够学费啊！"说着，褚朦宇76岁的奶奶老泪纵横。

褚朦宇高考成绩594分，这是本该令人欣喜的优异成绩，当长安大学的录取通知书送到褚朦宇手中时，他开心之余不禁为总共6555元的学费和住宿费等发起愁来。眼瞅着8月23日的开学时间一天天临近，正在家人一筹莫展时，平山县团委工作人员告诉他，有好心人愿意资助学费。奶奶说："家里困难，孩子一直有心理负担，吵吵着不去上学要去打工。"

当吴学宝把5000元钱交给褚朦宇的奶奶时，老人早已成了泪人，她激动地说："真是谢谢好心人啦！"

"谢谢吴伯伯，我一定好好学习，不辜负您的期望，将来回报社会。"站在奶奶身边的褚朦宇红着眼圈说。

和褚朦宇一家告别后，吴学宝来到家住平山县平山镇西曲堤村的祁晨阳家中。

祁晨阳的家可说是一贫如洗，只有四间小屋，祁晨阳住在约3平方米一间西屋。在这个狭小的空间里放着一张单人床和一张供他学习的旧桌子。就是在这种环境下，争气的祁晨阳以579分的成绩考上了中国民航大学。

可能因为家里太狭窄，祁晨阳的母亲解释说："晨阳在里面小屋睡，我们和他姐姐挤在外面这张床上睡。北屋漏雨，东屋当厨房，南屋做小卖部，所以一家四口只能这样挤挤了。"祁晨阳的父亲有腰椎间盘突出，干不了重体力活，只能打零工，而他的母亲患有类风湿性关节炎。家中的主要收入来源是小卖部，但每年也只有4000元左右的收入，加之他的姐姐还在读研究生，想要凑够6000元学费，还真是犯了难。即便如此，有病在身的父母依然咬牙坚持，从没说过让姐弟二人辍学。

接过5000元助学款，祁晨阳不停地感谢吴学宝。他说："加上我暑假在饭店端盘子挣的900多元，学费够了，8月27日可以顺利上学了，谢谢您！以后我有能力了也一定会像伯伯一样帮助有困难的人。"

吴学宝带来的5000元恰似雪中送炭，解决了这一家人的燃眉之急。

他捐助过的孩子有的事业有成，有的正在读研，还有的已结婚生子，可吴学宝从不主动联系这些孩子们。他说："帮就帮了，和孩子们联系好像图什么似的，很少去联系。"

62岁的吴学宝说："帮帮人，心里舒坦！捐款一直做到无能为力。"

这些年，吴学宝资助了石家庄周边贫困山区赞皇县、平山县、井陉县52

个贫困家庭的孩子上大学。只是，为了不让孩子们总把受他资助的事放在心上，吴学宝每次捐了钱，一般不留通信方式，问及孩子们的情况，吴学宝也只说得出个别孩子的名字——武惠娟、王梦瑶、杨泽群、张淇、何芸、刘雨璇、赵亮、陈璐……笔者看到他那些资助孩子们的视频资料，发现吴学宝对受捐助的人总是大大咧咧地说些"不客气！""不用谢！""不用报答！"这样的话。

在中国经济发展日新月异、人情人心因物欲横流发生颠覆性变化的过程中，他竟然丝毫没有受到诱惑而改变。

吴学宝一直与平山县团委合作，每年资助平山县两名品学兼优的贫困孩子上大学，现在已坚持 10 年了。

痴心不改，为理想，为信仰。十年善行，十年付出，真是大爱如山。

在我看来，吴学宝这种对理想和信仰的追求，犹如一个虔诚追随上帝的圣徒，背负着沉重的十字架坚强前行，一个又一个深深的脚印，和着泪，印着血，却也映着暖，闪着光……

图 3-3 吴学宝为平山县贫困学校捐赠教学用品

第四章

特别的爱给特别的你

世界上的物质是越分越少，而爱越分越多。

慈善是爱的最神圣的表达，不是等价交换，而是付出和给予。

人生际遇不同，生活的环境不同，有人出身贫寒，他们需要特别的阳光，特别的爱。

特别的爱给特别的你，因此世界特别温暖。

爱心是人生的一道亮丽风景。

慈善是一座桥，托举起生命的美丽……

一件羽绒服的温度

　　肖路是吴学宝 2015 年资助的行唐县一个寒门学子。那年八月吴学宝在给肖路家送钱时，看到肖路的家庭非常特殊。十几年前，肖路亲生母亲因长年患有精神病，已搞得家里一贫如洗，虽然花光了家里的钱给母亲治病，但是病还是没有治好，而且因为精神失常，人也走失了，至今未归。几年后父亲又娶了继母，继母老家在云南，与父亲结婚头两年对肖路兄弟俩照顾有加，肖路心存感激。然而，继母在邻村打工认识了云南来行唐打工的老乡，因为乡情的吸引，与老乡经常来往，此时与邻村的一个痞子认识了，在这个痞子的强大攻势下，继母红杏出墙。父亲知道后，找人去理论，结果对方找了一帮人打架，在人多势众的情况下，父亲心怀夺妻之恨，冲冠一怒为红颜，结果防卫过当致人死亡，父亲因此锒铛入狱，还赔了人家一大笔钱。继母见势不妙选择跑路，从此杳无音信，真正成了赔了夫人又折兵。那时间肖路还在上高中，姑姑只好一边帮助弟弟打官司，一边挑起了抚养两兄弟的重担，坚持让肖路上完了高中。无情的现实，使肖路像变了一个人一样，整天沉默少言，郁郁寡欢。后来肖路考上了承德医学院。虽然考上了大学，但肖路一点高兴不起来，因为家里没钱可供他读书。父亲入狱和贫困的双重打击，使肖路一度消沉。吴学宝当时注意到了肖路的个性，所以特别留下了他的电话，心里暗想今后要帮助孩子完成学业才行。

　　肖路上学之后，吴学宝只要有空就会打电话询问肖路的生活和学习情况。到了十一月，吴学宝看到承德的天气已经很冷了，最低气温都在零度以下，他特别担心肖路防寒保暖问题，于是他去商场买了一件厚厚的羽绒服亲自给肖路送去。他没有提前与肖路联系，想的是突然到访，能看到肖路在学校学习和生活的真实情况。

　　吴学宝想到平时肖路要上课不好打扰他，于是就选择了一个星期五开车去承德。那天，吴学宝开了近九个小时的车去了承德。承德的天气果然很冷了，道路两旁的山上已有积雪，白花花的。天黑时他才到了承德医学院，傍晚时分肖路在学校门口接上了他。果然，肖路身上只穿了件质量很差的薄薄棉衣。吴学宝心里很难过，步行到了肖路宿舍后立马拿出新买的羽绒服给肖路穿上。在学校宿舍，吴学宝问了问肖路同学肖路的学习情况，同学们都说肖路学习特别用功，这让吴学宝感到很欣慰。吃饭的时候到了，吴学宝让肖路领着去了食堂。肖路给吴学宝打了一份菜，自己也打了一份最便宜的菜和两个馒头。肖路只吃了一个，吴学宝问他为什么要留一个馒头，肖路说现在基本吃饱了，留下一个晚上上完自习饿了再吃。吴学宝明显觉得快一米八的一个大小伙子吃一个馒头不够吃。吴学宝详细问了肖路每个月生活费花多少钱，家里能够寄多少等情况。肖路只是说够花了，但不告诉他到底开销需要多少钱。实际上，肖路的生活费主要靠姑姑接济，姑父因病去世，姑姑是县里一所小学的老师，收入不多，自己还有两个孩子，肖路的弟弟也寄居在她家。四个孩子一个大人的生活只靠姑姑的工资开销，经济拮据可想而知。

吃完饭，回到宿舍，他发现肖路床上有一堆传单，听同学们说，肖路星期六、星期天都上街去发传单，企业会给他工资，每天要发一千张传单，才能挣到六十块钱，这样，他勉强用这些收入来维持生活。听了肖路的故事，吴学宝一方面为肖路勤奋感到骄傲，同时更加怜悯这孩子的处境。

第二天早上吃过饭，吴学宝跟着肖路来到了市区的主要街口，肖路开始散发传单。在穿梭的人群中，肖路跑来跑去的背影让吴学宝觉得这孩子有出息了。走时，吴学宝留给了肖路一千块钱，让他补贴一下生活。

随行的电视台记者问肖路喜欢什么，肖路说自己喜欢的东西不是在地上的，而是在天上，他说自己喜欢一个人独自走路，走在路上看看高远广阔的蓝天，看到天空中那种空空的蓝，会觉得心胸开阔，就会忘记所有的烦恼。

三十六

春节时的感动

《礼记·礼运》中是这样说的："故人不独亲其亲，不独子其子，使老有所终，壮有所用，幼有所长，矜（鳏）、寡、孤、独、废疾者皆有所养。"这句话的大概意思是，人们不能仅奉养自己的父母，养育自己的孩子，而是要让天下的老年人都能享受其晚年，青壮年能为社会效力，儿童能顺利地成长，年老的鳏夫、年迈的寡妇、孤儿、无子老者、残疾人都能得到社会的关爱，这样才算"大同社会"。

2016 年春节前，吴学宝了解到自己所居住的社区里失独老人多，于是找到了居委会的工作人员商量，把社区的孤寡老人招集在一起，举办一次迎春联欢会。联欢会上所有的开销吴学宝出钱，同时他想为老人们送些年货，于是又跑了多家超市采购了一些食用油。

在统计人数的时候，他提出参加联欢会的孤寡老人不仅限于居委会，要扩大到全市范围，经过几天联系，把通知发到了全市的居委会，并做好接送老人的安排。为了让老人们在活动中没有顾虑，吴学宝要求社区工作人员不要说出这活动是他赞助的。

2016 年 1 月 30 日下午 1 点，石家庄义堂社区居委会的活动室举办全市150 名失独老人春节联欢会。就在这场联欢会准备开始时，三辆车开到了义堂社区居委会门前，十多个人把车上整箱的食用油搬进了居委会的小院。一箱箱的食用油堆在墙边，居委会的工作人员招呼着："大爷、大妈，马上春节了，有爱心人士给大家一家送来一桶油。"

这 150 桶食用油，是吴学宝当天跑了多家超市买的，并赶在联欢会前送到了 150 位失独老人手中。这是他送给老人的爱心礼物。李建荣老人激动地说，我们没有儿女了，我们最怕孤独，今天举办联欢会，真没想到还有爱心人士惦记着给我们送东西。

有哲人说，爱是治愈孤独的良药。春节前这些失独老人有人关怀慰问，他们的孤独感减少了。看着老人们露出了笑容，站在人群后面的吴学宝也欣慰地笑了。

图 4-1 吴学宝在冉庄带领爱心人士听老革命讲抗战故事，接受爱国主义教育

让爱坐上轮椅

2016 年 4 月 9 日上午，长安区建安街道办事处、华平社区举办了爱心轮椅捐助仪式。吴学宝将 40 辆轮椅捐赠给了建安街道办事处 7 个社区有需求的居民。

家住华平胡同 6 号的 90 岁老人李玉坤因患肺心病，行动困难，但是家里买不起轮椅，他只能拄着拐杖在家挪动，平时几乎没有出过门，上医院都是亲友背着去的。老人坐上了轮椅，激动地说："现在有了轮椅，可以出去遛弯、散散心了"。坐上吴学宝捐赠的新轮椅，老太太笑得合不拢嘴。

"天气暖和，我正好推着我妈多出去晒晒太阳，对治病也有好处，太感谢了！"李玉坤的儿子刘洪章非常感谢吴学宝和社区的工作人员，表示以后也会尽自己的力量帮助别人，把这份爱心传递下去。

当天领取轮椅的人都是建安街道各居委会平时掌握的孤寡老人、残疾人等困难家庭的人员。吴学宝还承诺，轮椅如果使用坏了，到辖区内的维修处维修，费用由他承担。

"我要用实际行动感恩国家、回报社会，帮助那些需要帮助的人……"吴学宝几句朴实的话语，引发了现场居民的热烈掌声。40 辆轮椅中，32 辆被来自华平社区、棉五社区、棉一社区等社区的居民领走，其余的轮椅则放在各社区的居委会，用于居民应急借用。

吴学宝说，轮椅是长期免费使用的，如果在使用过程中出现损坏等，他可以负责维修。如果谁家不再需要轮椅了，他还会回收，修缮后转赠给有需要的其他居民。"我想把这件事长期做下去，使轮椅能循环使用，帮助更多人！"吴学宝说。

时任华平社区居委会书记的刘鸿鹰介绍说，不久前，吴学宝把捐助爱心轮椅的计划告诉了居委会，希望居委会帮助寻找那些需要轮椅的困难家庭。为了帮助更多居民，后来又把范围扩大到了建安街道办事处。建安街道各居委会根据平时掌握的孤寡老人、残疾人等困难家庭的情况，一一核实后，拟定了获赠轮椅的居民名单。

一辆辆爱心轮椅传递的不仅是吴学宝对老人的爱，更体现了社会主义大家庭的温暖。

图 4-2　李玉坤老太太坐上新轮椅非常高兴。右为吴学宝。

洪水见真情

2016 年 8 月 10 日，因为突降暴雨，山洪暴发，平山县寨北乡两界峰村 11 座桥梁不同程度受损，其中 9 座彻底被毁，近 3 公里道路被洪水冲坏，许多田垄和村内的基础设施也遭到严重损毁，需要恢复重建，最需要的就是水泥。吴学宝得知后，买了 20 吨水泥送去。

一辆大卡车载着 20 吨水泥，径直开到了平山县寨北乡两界峰村抗洪救灾指挥部门前，吴学宝招呼着石家庄同车去的爱心志愿者开始卸车。

随着一袋袋水泥落地，现场腾起一阵阵烟雾。因为到施工现场的道路不通，23 名志愿者扛起水泥袋直奔施工现场，个个累得汗流浃背，他们的脸上、身上，都落满了水泥粉尘，像化了妆一样。闻讯赶来的村民们要替下这些远道而来的"客人"，却被吴学宝等人拒绝了。"村民们都忙着恢复生产，这些力所能及的活还是由我们来干吧！"正在卸车的吴学宝说。他们只想尽己所能帮助受灾村民，尽快把家园重建起来。

两界峰村党支部书记张明法说，7 月 19 日、24 日两场强降雨，使村里的 11 座桥梁受损，其中 9 座彻底被毁，2.7 公里的道路被毁，许多田垄和村内的基础设施也损毁严重。恢复重建，最需要的就是水泥。吴学宝捐赠的水泥真是帮了他们村的大忙。

卸完水泥，吴学宝等人并未休息，而是来到两界峰村几处被洪水冲断的桥梁附近，开始动手帮忙清理乱石等杂物。"大家能多做一点就多做一点，我们都希望能和村民们一起共渡难关。"吴学宝说。

两界峰村有 265 户、1036 人。灾情发生后，全村村民不等不靠，很多村民顾不上自己受损的家，全都参与到村里的道路及桥梁的修缮中。"村民自发组成的百人抢修队，天天忙碌在施工一线，只为能让村里的道路尽早畅通起来，方便乡亲们的生产生活。"

那天，村民看到吴学宝年纪大，腿脚又不利索，劝他休息，但吴学宝一直忍着髌骨坏死的疼痛与大家一起战斗。吴学宝与志愿者们在泥水中忙了一整天，晚上才回到市里。

牵挂也是一种慈善

2005 年，家住河北省衡水市故城县郑口镇的郑龙真踏进了幸福的婚姻殿堂，婚后的生活虽然平平淡淡，过得也算幸福，有了自己的孩子，夫妻俩开始为自己幸福的家庭努力打拼。

直至 2016 有了点小储蓄后，郑龙真在故城县加盟成立了"NIcole 共享美容养生院"。他原本雄心勃勃干一番事业，要把美容养生院打理得风生水起。可天不遂人愿，命运太捉弄人了，美容养生院成立一个月的时候郑龙真就出了大事。

2016 年 7 月 13 日晚上 8 点 30 分，住在镇上迎瑞小区 19 号楼 4 单元 102 室的郑龙真家突然发生煤气爆炸。事发时，小女儿与郑龙真在厨房，大女儿在客厅听到爆炸声后，没有自己逃离火海，反而想努力救出妈妈和妹妹，结果导致母女三人都重度烧伤。事发后，邻居们立即拨打了 120 和 119，救援人员和医护人员赶到现场将母女三人送到河北医大一院抢救。郑龙真和小女儿伤情最为严重，烧伤面积达 90%，处在昏迷中。9 岁的大女儿伤势稍轻，但烧伤面积也达到了 50%。第一天，三人的治疗费就高达 8 万元，后续治疗费更是一个天文数字。郑龙真刚投资开了美容院，还借了朋友的钱，仅丈夫在外打工维持一家生计，这一下使这个家庭陷入了绝境。吴学宝从电视上看到这则新闻后，于15日来到了医院，亲手将5000元现金交给了郑龙真的父亲郑宝昌手中。

三天后，郑龙真和两个女儿转到北京304医院。小女儿由于伤势严重，不幸离世。郑龙真从昏迷中醒来的时候，听说小女儿的离世，那种绝望，让她感到撕心裂肺的痛，常人难以想象。正是需要安慰和照顾的时候，妻子想到的第一个人，就是她的丈夫，可万万没有想到，当医生告知妻子和女儿需要300余万元的医疗费用时，丈夫表示无力承担，在妻子与女儿需要关爱的时候狠心地选择了逃避，离开了她。原本小女儿的离世已让郑龙真深受打击，丈夫的离去更是雪上加霜，此时郑龙真绝望至极，想死的心都有了，几次想自杀多亏被人发现而获救。重伤之下她只能承受着悲伤、绝望、疼痛。

后来郑龙真老家的村民们也在村里组织了募捐，给母女三人送来15000元医药费。

共享美容养生连锁领导刘刚团队组织捐款80万元。

社会募捐的这笔善款使这个支离破碎的家庭重拾温暖，同时也挽救了两条生命。

我们不妨看看吴学宝从网上下载的郑龙真2017年2月13日发的一篇博文。

我叫郑龙真，娘家在衡水市故城县郑口镇周辛庄，婆家是枣强县大营镇黄路村，婚后一直住在郑口镇迎瑞花园一期19号楼4单元102室。2016年7月13日因天然气泄漏引起的爆炸发生火灾，致使我们母女三人严重烧伤，年仅7岁的小女儿因伤势严重抢救无效死亡，我和大女儿烧伤分别达90%和50%。事发当天晚上我爸给我老公吴伟打电话，吴伟说他在天津，我妈给他打电话说在青岛，我妹妹给他打电话说在潍坊。当我们母女三人在郑口转院到石家庄医院时吴伟就已经提前到了一个多小时，当时吴伟在何处不得而知，他说谎的意图是什么，我无从查证。我们母女三人正在抢救期间我的父母在病床边守着我，我妹妹和我哥哥守着我的大女儿雅楠，而吴伟和他的母亲守着我的小女儿瑞楠。虽然当时的我睁不开眼，但我能听到护士们的议论，说是孩子的父亲守着病重的孩子床前整夜和别人小声通电话，而作为妻子的我不知道他给谁打电话。

最为严重的是我在北京304医院住院期间，他未曾给我拿钱看病，致使我的父母、妹妹、哥哥背负着110多万的债务。使我更痛心的是他不但不给我拿钱看病，也不负担债务。把父母手里仅有的几万元花完，最后我被迫回到老家等待自然康复。

经过父母一个多月精心照料我慢慢地会走路了，但由于身上的伤口未愈合只能慢慢走。我回到我妈妈家中以后的日子他从未打过电话问问我的情况，更不用说来看我了。这期间我的家人给故城伟业天然气公司去要说法，经过两个多月的争取天然气公司只赔偿仅仅45万元，之前他家人从未出面争取，都是我爸妈、我妹妹去政府有关部门要说法，最后争取到快要赔偿的时候他家人出现了，还要竭尽全力来拿这仅有的45万元。

春节期间我给老公打电话他不接，打了多次以后接通了电话，让他接我回他家过年，但被他拒绝。我的小姑姑带我去他父母的门市上他家人死活不接受我，我现在彻底被婆家遗弃，现在不能自理完全靠父母。我再三考虑还是给他打电话，通了不接，我不知道是为什么。我要见女儿也不让见。现在我面临着要做康复手术，一分钱没有还遭到婆家遗弃，我不知道自己以后的生活会怎样。我试着跟他们家人沟通这仅有的45万赔偿金，但他们家人的态度是钱打到他的银行卡上，但见不到人。

现在年关已过，根据病情需要，我必须回北京医院做手术，做康复，但没有一分钱，我想求助好心人帮忙指点迷津，我该怎么办？

看到一个烧伤致残女人的博文，真的让人好心酸，好愤怒。

后来，经过两年多的康复治疗，郑龙真自己也落下了残疾，大女儿目前生活还不能自理。身残志不残的郑龙真于2018年4月5日重新回到了NIcole共享美容养生院，带领着大家向梦想启航。

做一个坚强的女子，坦然面对，勇敢体会，酸甜苦辣，各种滋味，忘记消逝的人和事。不能拥有的，懂得放弃，不能碰触的，学会雪藏。与其沉溺过往，不如沐浴晴朗，扔掉悲伤和孤寂，摆脱无助和漠然，不再害怕未知，不必盲目迷茫。

压力最大的时候，效率可能最高；最忙碌的时候，学的东西可能最多；最惬意的时候，往往是失败的开始；寒冷到了极致，太阳就要光临。成长不是靠时间，而是靠勤奋；时间不是靠虚度，而是靠利用；感情不是靠缘分，而是靠珍惜；金钱不是靠积攒，而是靠投资；事业不是靠满足，而是靠踏实。

吴学宝在第一次为郑龙真治疗捐款之后，一直关心这家人的命运，他有空就从网络上搜集娘仨的情况。当他得知是如此结果后，自己又无能力再帮助这家人时，他常常只是暗自叹气。

看到他无助的表情，笔者只好安慰他："你曾经已帮助过她们一家，再说你也没那么大的能力，牵挂何尝不是一种慈善。"

四十、
一杯热水的温暖

2016 年 12 月吴学宝见店门口的环卫工人大冬天喝凉白开，他想环卫工人为保持马路上卫生很不容易，很辛苦，为了让他们冬天能喝上热开水，当天就在这条路上专门为环卫工人安装了一台饮水机，让环卫工人们二十四小时都能喝到热水。环卫工人何春阳说，在寒冷的天气里能喝到热水，感到特别温暖。

从这些故事中，我们看得出吴学宝付出了时间，付出了精力，付出了金钱。他把爱的种子撒在了素昧平生的陌生人中间。

笔者问他如何理解慈善，他说："慈善本身就是一种快乐，一种满足，我没有能力改变世界，但我能用爱心去温暖这个世界。"

是的，慈善不是简单的施与，它是人类社会中最伟大和最崇高的事业，当我们真心实意地做关于慈善的任何事情的时候，总是能在其中找到让我们幸福与快乐的真谛。我们要懂得慈善的真实内涵，只有这样我们的国家才会昌盛，我们的社会才会和谐，我们的人生才会璀璨升华且不留下任何遗憾。

《左传》有云："从善如登，从恶如崩。"吴学宝做慈善，真的像登山一样，一步一个脚印走到现在，坚持了几年广布善举。虽然也有人说他傻，但更多的是赞许。他的善行与名字让更多的人知道，仅媒体报道就有一百多件。正如《周易》中所说的"善不积不足以成名"。现在吴学宝被政府多个部门评为慈善先进个人，也与他的坚持有关。

第五章

跨越半个中国去送你

有一种人生际遇叫素昧平生；
有一种关爱因不期而遇；
当一种爱感动了另一种爱，爱就会形成叠加；
叠加的爱就会形成一种磅礴的力量。

出车祸的花季少女

爱最能打动人心，爱是人与人之间最好的黏合剂。

2019 年 11 月，河北、贵州、河南，甚至中央新闻媒体纷纷报道了吴学宝跨越 2500 多公里送"沉睡姑娘"青果的事迹。一时间在河北、贵州、河南，乃至全国刮起了一场爱心旋风。吴学宝正是因为被爱心妈妈伟大的母爱感动，最后行此义举——跨越半个中国去送你。

2003 年 1 月 27 日，河南新乡市有个叫青果的花季少女，在搭乘同学摩托车返家的途中，与拐弯的疾驰车辆相撞。

同学给青果的妈妈打电话说："阿姨，你快过来吧，青果出事儿了。"

"出啥事儿了？"

"她被车撞了。"

听到女儿出了车祸，青果的妈妈郭克琴夺门而出，跑到出事地点后，只见青果躺在地上，耳朵、眼睛、嘴里全部都是血，只要有孔的地方都出血……

青果被送到了医院抢救。

此时，距离 2003 年的春节，还剩下仅仅 3 天的时间，距离青果出国留学的日子，只剩下不到一个星期的时间。当年的青果年仅 18 岁。

这场突如其来的意外，打破了冬季沉睡的夜。这天对于青果母亲郭克琴这位单亲妈妈来说，是一个痛彻心扉的日子。视女儿为生命的郭克琴，在巨大打击之下，一夜之间头发白了，人看上去一下衰老了许多，生离死别的滋味让她感到生活没法继续下去。

在医院抢救的日子里，青果因为头部受了重伤，两个多月来一直处于重度昏迷状态。妈妈郭克琴一直陪在她身边不离不弃，坚信有一天成为植物人的女儿终会醒来。郭克琴每天守在青果身边，呼唤女儿的名字，跟她说话，但女儿始终没有反应。虽然没有反应，但是妈妈一直觉得青果心里清楚，于是就不停地鼓励她说："宝贝儿，我说你没事儿，你是最棒的。妈妈向你保证，你肯定能闯过这一关。"

其实，青果的妈妈本拥有自己美好的未来，她曾留学澳大利亚，精通五国语言，有份令人羡慕的工作，是河南省新乡市红旗区民政局婚姻登记处主任。由于工作出色，年年被评为先进个人。但是，女儿一场意外，将生活理想击得粉碎，让这对母女的幸福，变得遥不可及。

四十二、
昙花一现的转机

在青果昏迷两个多月里，妈妈一刻也不曾离开地守着女儿，一直在旁边叫她，跟她说话，一直守着她，希望用自己的努力创造奇迹。

焦急、等待、盼望。时间过去了快三个月。突然有一天，青果睁开了眼睛。妈妈看到突然苏醒的青果，很惊讶，不知道这是幻觉还是现实，她自己都有点儿害怕那个感觉。她第一个念头就是给女儿说话，她对女儿说："宝贝儿，我们是好朋友，我说你不会留下妈妈不管的啊！"

当时青果仿佛从另一个世界回来，没有理会妈妈的话，只是用很奇怪的眼睛看了妈妈一眼，说她要去厕所。

妈妈说你不是刚去了吗？青果说我现在还要解大手。然后就下床，妈妈扶着她走到了卫生间，坐在了马桶上。坐那以后，她就把妈妈往外推。由于青果打着鼻饲管，插了胃管，妈妈说害怕她摔倒，便对青果说："没事儿，你解吧。"青果说："不行。"她硬是把妈妈推出了门外。出来之后，由于放心不下，妈妈并没有走开，就在门外看她，最后看见她趴在洗漱池上，自己连拽了两下，把胃管拽下来。

看到青果的举动，妈妈吓了一大跳，嘴里惊呼一声："哟！"声音特别大，把青果也吓了一跳。妈妈看青果那种惊恐的样子，忙说："没事儿，宝贝儿。"妈妈极力想给青果一些安抚。最后青果又把鼻饲管拔下来，妈妈安慰说："没事儿，那肯定咱会吃饭了。"其实青果还不会吃饭，她什么也不会吃，喝点水都往外边吐。

青果醒来的第一天走路的时候，还是一个脚往前挪着走，她第二天迈完左脚就迈右脚，走得很稳当。她一直拉着妈妈的手要下楼，谁知道下楼走到那个平路上，那是新乡市区的一条主干道，青果家在东边，医院在西边。青果就指着往家那个方向走，妈妈叫她逛商场，她也不逛，她急着一个劲儿就要往家那边走，好像要回家，妈妈说打个车算了，一说打车，她马上拉着妈妈就走到马路边。正好迎面过来一辆车，上了车以后，她告诉司机说："拐弯儿，拐弯儿。"一路上都是青果让司机拐弯儿，走到家门口的时候，她指着家，她还说，拐弯儿，拐弯儿。司机按她说的将车开到了小区门口。青果仿佛什么都清楚，什么都知道。一到家的时候，她下了车，那个时候她都不抓妈妈的手了，甩开妈妈，直奔往家的那个方向。过去青果不论是出门还是从外面回来，都喜欢说："妈，开门。"这也是一种习惯。那天，离家门还有几步时，她又喊了一声："妈，开门。"当时妈妈就在青果身边，她却视而不见。妈妈一下蒙了，忙说："宝贝儿，我就是妈妈呀。"可青果连看都不看妈妈一眼，接着就像跑一样，直奔到家门边敲门。看到女儿怪异的举动，妈妈说："宝贝儿，我就是妈妈。"她还是不理妈妈，还在那叫："妈，妈，快开门，快开门。"就在青果说话的时候，妈妈郭克琴就把门开开了。门一打开之后，青果进到家里边到处找妈妈，郭克琴忙说："我就是妈妈呀，我在这里。"但青果压根儿不理会，仿佛在她脑子里，好像就没妈妈这个人，妈妈根本不存在一样。

青果进到家里边，到处找了妈妈一阵子，在她的感觉中是没找着，于是她就把她的电脑打开，她也知道电脑的密码。她打开以后，还是在找妈妈，看到她急切的样子，妈妈郭克琴就赶快坐到她那个电脑桌的旁边，背对着她。一同去的姐姐在一边忙指着郭克琴对青果说："那不是妈妈吗。"青果好像马上看到妈妈的背影，一下搂着妈妈说："妈妈，你刚才去哪儿了，叫我好找你呀。"郭克琴说："刚才我就在这儿呢。"她说，谁说的，我刚才还在这看呢，没找到你。

看到女儿奇奇怪怪找妈妈，郭克琴有种不祥的感觉，那个时候，郭克琴心里边如万箭穿心一样，不知道有多难受，难受得自己都不能形容。青果把妈妈让起来，她就开始坐到那敲打电脑，打了一会儿，就说，我饿死了。那个时候她只能吃冰糕，妈妈把冰糕冻起来，把那些营养品冻到一起，让她吃。

躺了两个多月快三个月的青果，以前完全没有反应，突然就站起来了，然后突然可以出门，突然可以走路，突然可以回家，就是不认识妈妈。别说不认识妈妈，其他任何人她都不认识。她不仅不认识人，连文字也不认识，一个字都不认得。

有一天妈妈领着青果去公园，因为什么鸡啦、狗啦、猫啦，通通她都不知道。妈妈指着那些动物问她这是什么那是什么时，青果也问妈妈，这是什么？妈妈给她讲这是狗熊、狮子。转了一圈的时候，她跺着脚说："妈，我记得我过去比你懂得还多呢，现在就像有人给我洗了洗脑子，我怎么什么都不记得了。你烦我不烦我，你要烦我，我就不活了。"当时妈妈眼泪一下就掉下来了。妈妈一把把她搂在怀里说："宝贝儿，妈妈向你保证，你是暂时失忆了，你慢慢地会恢复过来，真的，妈妈向你保证。"

女儿完全丧失记忆不认识妈妈。面对空白记忆，郭克琴彷徨恐惧。面对失忆女儿，她相守相依，命运无情捉弄，她们又如何坚强走出困境。

为了唤醒女儿沉睡的记忆，郭克琴开始带着青果，四处旅游，健身康复，走访曾经熟悉的人，或熟悉的地方，尽可能地帮助女儿恢复记忆。妈妈带她去旅游，后来还带她去游泳。

去海南，到那儿去潜水、爬山，她一点事儿都没有，回来以后很高兴，当时不但没犯病，还恢复得特别快。六个月的时间过去了，母女俩在旅行中，度过了一段难忘与愉快的时光。但这些努力，并没有让女儿青果恢复记忆。直到有一天，女儿青果在看一档蹦极的电视节目时，突然激发了曾经的记忆。往日的很多事情，逐渐回到青果的脑海。眼看青果就要好起来的时候，2004 年的一天，厄运再一次降临到这个不幸的女孩儿身上。

四十三、

再度生死劫

通过旅游和康复训练，青果在山水之间留下了让人动容的青春风采，记忆明显有了恢复，给人的感觉是越来越好。妈妈和所有的亲朋好友都期盼她重振生命，展示她青春的风华。然而，2004 年 9 月 9 日这天，命运之神再次把青果推向了厄运深渊。

妈妈郭克琴带着青果旅游回来有十来天时，单位里的同事想她女儿能走了可能病情好些了，于是有些工作上的事还要找郭克琴解决。9 月 9 日那天，妈妈郭克琴正在客厅与同事商量工作，青果一个人在里屋打电话。突然，她们听见"咚"的一声，当时妈妈跟她的同事愣了一下，就马上跑进里屋。眼前的情形吓呆了妈妈和同事，只见青果晕倒在地，整个人在地上抽搐。

　　情急之下，郭克琴脑子一片空白，同事拨打了 120，在她们打完 120 后，青果停止了抽搐，直挺挺地躺在了地上。

　　青果肯定是摔倒在地，声音才那么响，可能是头先着地。妈妈和单位同事跟着救护医生立刻把青果送到医院。

　　到了医院以后，拍了脑 CT，医生看后，说要动手术。郭克琴问不动手术不行吗。医生很沮丧地摇了摇头说："不行，出血点太多了。"为了动手术要先给青果剃头，要把整个头剃了。因为青果从小到大，特别喜欢自己长发披肩的样子，她对自己的头发最是敏感，谁要动她头发她就会不高兴。医生说要剃她的头，当时心细的妈妈还看见女儿青果眉头皱了皱，青果小小的举动吸引了妈妈，她由此判定那个时候青果还是有意识的。

　　女儿被送进了手术室，手术用了多久时间，郭克琴说她也不太清楚，当时她什么想法都没有，只是不停地祈祷。郭克琴平时不信神，但此时此刻她信有神存在，她希望有神灵能保住女儿的命，保佑女儿渡过难关。郭克琴当时想只要女儿活着，有一口气就行。

　　也不清楚过了多久，青果的手术做完了，推出手术室送到病房时，妈妈郭克琴才能看到青果。当她走到女儿床边，青果的样子让妈妈惊呆了，只见青果浑身插了好多的管子，郭克琴心里像尖刀在扎一样刺痛。只要青果身体动一下，她就急忙来叫医生。她听到医生们总是在频繁询问，回来了没有？另一个医生总在说，没有。

　　医生无奈地告诉郭克琴，青果的瞳孔还一直在放大。她知道瞳孔放大意味着什么。那时，郭克琴觉得自己一直在跟一个看不见的力量争夺女儿。她一直努力地在将女儿往自己身边拽。

　　郭克琴感到好像眼前这个生命，在慢慢地放弃自己，离她远去，这使她觉得好恐惧。她轻声地呼唤着女儿的名字，她多想女儿应她一声，但女儿一点声息都没有。也许因为妈妈这么不停地喊青果，青果好像被妈妈的声音感动了，有时会动一下，看到女儿动一下，这使当妈妈的郭克琴有种很神奇的感觉，好像女儿又回到自己身边。

　　青果手术后二十多天里，郭克琴一直守在女儿身边，呼唤着女儿的名字。虽然女儿一动不动，爱女心切的郭克琴却固执地认为女儿昏迷在病床上和自己有心灵交流。

　　她要去上厕所时，她就轻声对女儿说："宝贝儿，你数 15 个数，妈妈肯定马上就回来了。"郭克琴每次都跑着去上厕所，她生怕离开女儿的时候，女儿看不到她着急。回来后，她总逗女儿说："我说看看妈妈，你数几个数了，你看我回来了吧。"

有一天郭克琴趴在女儿床边，她跟女儿说："我说宝贝儿，我说你一定要快点儿，快快地好起来，妈妈身体真的快挺不住了。"

突然青果说："你别太自私了。"

女儿突然开口说话，让郭克琴悲喜交集。她忙趴在床边对女儿说："当妈妈的都自私。宝贝儿，不管谁叫你走，你千万不要跟他走，你一定要跟着妈妈，如果你跟他走了，我也会跟着你，但是我绝对不让你跟他走，你必须要跟着妈妈走。"

过了一两分钟，郭克琴慢慢把头抬起来，目不转睛地看着女儿，呼吸机是很有节奏的一呼一吸、一呼一吸，她有自己的呼吸。郭克琴就跟家里人说，快去把医生叫来。医生来一看，把呼吸机都给脱了，才发现青果还是靠呼吸机在呼吸。

其实这个时候，医生对青果的未来，是不太看好的，只是寄希望于奇迹发生，但又觉得有奇迹发生的可能性特别小。郭克琴一直没有放弃，她每天帮女儿做按摩，总觉得青果有一天，一定能够好起来。

可后来的情况是，青果就这样在床上，有两年多的时间。这期间青果那种状态，就是人们普遍认知的植物人的状态。

奇迹的发生，让青果与死神擦肩而过。但脑积水严重，颅压过高，致使青果全身关节变形，手臂外翻，两只脚扭曲成了半月形，整个身体蜷缩成一团。医生曾断言，青果不同于一般的植物人，除了将没有意识，还会因为脑损伤造成的肌肉张力减少，导致身体将永远不会舒展，不会站立，甚至以后都不能穿鞋子。

主治医生都说，这种严重的并发症，导致青果四肢抽搐，也不会站，也不会说，她要想醒过来非常困难。"我不敢让青果的妈妈知道，没有想到她能活这么长时间，但是当时肯定是不好了，我觉得当时成了植物人，都觉得已经好像不错了。"

为了全力照顾好青果，郭克琴没有再返回自己的工作岗位，在花掉了16万元的交通事故赔偿金后，郭克琴不得不把自家的房屋租赁出去，把家搬进了医院10平方米左右的小屋里。

　　郭克琴想人不都有两个肾吗，卖一个肾也死不了人，她当时真是这样想。有一天她给医生说，我想去卖个肾。医生告诉她说，卖肾都没地方卖。她问，为啥。医生说，器官只能捐献，不能卖。卖肾不行，她说那不行卖房子吧，朋友都说你卖房子，往后，想回家了，连房子都没有了，心里该多难受。那时候郭克琴真是压力特别大。好在，女儿开始有意识地配合治疗了。

　　从此，倔强的郭克琴开始了与女儿长期的合作与对抗，她不仅自学学会了按摩、足疗、推拿，更学会了含泪与时间赛跑。

含泪奔跑在女儿的康复路上

　　植物人女儿在妈妈的精心照料下，虽然不能睁眼说话，但意识上表现出积极配合的信号。

　　前几年，青果的眼睛是睁不开的，妈妈郭克琴总是鼓励青果："宝贝儿，美女，睁开，睁，使劲睁，不要着急，要一点一点地睁。"有时青果有反应，有时又没有反应，但是她都一直在这样努力争取。经过几年时间，青果终于睁开了眼睛。虽然睁开的眼睛没有表情，空洞得像一副没有安装镜片的眼镜，但在妈妈郭克琴看来，也是生机无限了。

　　翻身对一个植物人来说是重要的，翻身既可防肌肉退化和身体僵硬，也是一种锻炼。起初，青果要翻身，一头是妈妈抓住她的双手，一头是康复医生抓住她的双脚，中间还要人推着腰部和屁股，最早的时候她的腿是直的。现在翻身的时候，青果自己可以用腰使劲，她腿会蜷了，越来越像一个正常人在翻身。可惜的是她只能偶尔做这些动作。

　　的确，一些辅助性的锻炼，恢复性的治疗，青果她可以做些配合，在旁人看来这一切都是青果无意识的反应，但郭克琴坚信女儿是有意识的。郭克琴认为青果的意识只是传达不到她这里，只能看到青果偶尔会有一些动作。

　　郭克琴说，女儿和我意识交流让医生不敢相信。当时像他们脑外伤，有一个毛病，打嗝。那会儿还在抢救室旁边一个男的，可壮的一个男的，他也是脑外伤，他打嗝从早上一直打到晚上，把他老婆急哭了，医生还用一种药物控制，控制都控制不住。但是青果呢也打嗝，郭克琴就对青果说了句："咽咽咽"。一说咽咽的时候她看到青果憋了一口气，就停住了打嗝。她跟主治大夫说了青果的情况，但医生说不可能，她坚持说是真的，但医生还是不相信，并说，绝对不可能。

正好有一次一个护士给青果吸痰，正准备吸痰的时候，青果又是打嗝，正打嗝的时候，妈妈又说了句："咽咽咽"，青果又憋了一口气，当时护士一下瞪得眼可大了，愣在那了。郭克琴忙说："你看看你看看，她是不是憋了一口气。"一直到青果舒了一口气的时候，护士抬头看着郭克琴说，"阿姨，如果不是我亲眼所见，我根本不会相信，我现在出门跟他们任何人说，他们都不会相信，但是我看到了，她确实舒了一口气，她怎么会跟你配合呢？"

青果的一点点向好的变化，对妈妈郭克琴来说都是一种激励。她每天从早晨6点钟睁眼开始，就给青果做各种各样恢复性的训练，一直要忙到晚上很晚。给青果做这些活动，完了以后刷刷牙，再少喝一点水，在她睡觉的时候一般都晚上十一点钟了。

每天就这样安排得满满的。在青果第二次治疗的第一年时间里，郭克琴没有上床睡觉，困了就趴在女儿病床边打个盹，完全感觉不到自己的存在。由于长期站着、坐着，晚上没有上床睡过觉，郭克琴的脚脖子肿得与腿一样粗。穿不上鞋，她只好穿着拖鞋，大冬天也穿着拖鞋。麻啊、疼啊，但她自己没有感觉，其实是她没有顾上去想自己。

这些年，郭克琴每天都是这么过的。她就觉得，青果在床上的每一个动作，她都能够感觉到，她说的每一句话，她的每一个表情，每一个情感波动，青果也能够感受到。母女连心，是很神奇的，很奇妙的情感。

有一个视频资料表现了郭克琴给女儿做康复训练的情形。为了唤醒女儿，母女俩做逗小孩亲嘴的动作。妈妈伸着脖子做着要亲嘴儿的样子，对着青果说，起起起，起起起。对，慢慢的，不要低头，跟我配合好。妈妈还没有到你的嘴边呢。开始，不要低头，不要低。来，亲一个。

这是郭克琴和青果每天必做的康复训练项目之一，对于郭克琴来说，这是作为母亲最为幸福的一刻，同时，也是母女俩给彼此的信心和鼓励。每次做活动的时候，郭克琴就像跳舞一样，她拉着青果的手，边跳边唱，想给女儿传递，叫她感到自己为什么要这样。郭克琴边做边说，青果你不严重，你肯定会好起来的。她说青果也想，我肯定会好，要不然妈妈为什么那么高兴呢。明眼人都看得出妈妈郭克琴是苦中作乐，心里是何等的苦涩。

那时郭克琴每天8点半到9点这个时间，要给女儿按摩，给躺在床上不能动弹的女儿认真地洗洗脸，给她拍拍，按摩按摩。这个时候正好有一个空闲的时间，妈妈就给女儿做点儿面膜。当时她是这样想的，她一直觉得青果很快就会站起来。郭克琴害怕，如果突然有一天女儿醒过来了，站起来了，照镜子的时候发现自己变大了，女儿会伤心的。作为妈妈不希望女儿伤心，希望她像过去一样，那么青春，那么活泼的一个小女孩儿。

有时她也想讲个笑话逗青果开心，她说，等你好了的时候，如果有人问你，青果你这几年去哪儿了，你就说，我去"家里蹲"大学去上学了，专修钢铁是怎样炼成的。旁人听着母女俩看似开玩笑的话，无一不为她们落下热泪。

在青果治疗的头几年里，母女的默契配合与生活点滴，既充满着辛酸，也传递着力量。

为了女儿选择蹦极

为使女儿尽快恢复记忆，郭克琴挑战蹦极。

因为青果在受伤之后，失去了记忆。然而有一天，从电视里看到有人蹦极的镜头，她好像突然有很多记忆都回来了。这使妈妈郭克琴坚信，蹦极肯定与女儿青果的记忆有某种特殊关联，能唤醒女儿的记忆。有一天郭克琴突然想起，在女儿出事之前，就对她说，妈，咱俩一块儿去蹦极吧。她对女儿说我才不去呢，并说我不去，你也不能去。我觉得那个东西，很危险的。

为了彻底唤醒女儿的记忆，郭克琴果断地做了一个决定，她想自己去蹦极给女儿看，以便帮女儿找回记忆。

蹦极的事，让很多人一想腿就会发软。谁都知道，蹦极这项运动是年轻人喜欢的事，需要的不仅是勇气，更需要胆量，其实郭克琴胆子本来就挺小的。

知道郭克琴要去蹦极的事后，好朋友就跑到医院来劝她不要去。

朋友说："你要去蹦极？这不是玩命吗，就是年轻人去蹦极还害怕呢，你那么大年龄你玩命啊。"

郭克琴坚定地说："为了我女儿，不论怎么样也要去挑战这个极限。"

一个劝说不要去，一个却坚决要去。两人谁也说服不了谁，最后朋友就走了。

两人谈话的时候，其实青果听见了。送走朋友以后，回到病床前郭克琴看到青果的眼窝里边全部都是泪，看到女儿满眼泪水，她拿纸巾一边擦拭，一边想安慰一下女儿。突然灵光乍现，她想起了从一本杂志上看到的一句话——真正的强者不是流泪的人，而是含泪奔跑的人。就把这句话，跟女儿说了。当时，郭克琴就看见女儿那个样子好像很激动的。看到女儿有些激动，她打气说："宝贝儿，你放心，你看看妈妈是怎样去挑战它的。"

就这样郭克琴更加坚决了，她一定要去蹦极。替自己，也替女儿。

生死一搏，挑战高空蹦极，为爱而跳，义无反顾，她能否成功挑战自身极限。2009 年 2 月 14 日，患有高血压，一个月前又刚刚做完卵巢囊肿切除手术的郭克琴，在安顿好青果后，只身来到广西与安县的蹦极地点，在签订了安全协议后，郭克琴坐上了缓缓升起的缆车。尽管事前，郭克琴有着充足的心理准备。但当她登上蹦极台，望着脚下深不可测的水面时，恐慌的神情，还是不自觉地流露了出来。

蹦极工作人员问她："怕不怕？"

郭克琴说："怕。怕，怕，没关系。女儿在医院观看电视直播妈妈蹦极。"

蹦极工作人员说："说得好，不要怕，咱们这就开始了。"

郭克琴说："好。"

蹦极工作人员说："来，不要怕。准确站到跳台上，对。双手打开，打开，深呼吸，深呼吸。双手打开，松开我们的手，对，对，对，松开手。"

郭克琴说："好。"

蹦极工作人员说："可以吗，可以松开手，松开手。"

郭克琴说："青果，妈妈爱你，妈妈永远爱你。"

蹦极工作人员说："三、二、一。"

郭克琴说："青果，妈妈爱你，妈妈永远爱你。"

郭克琴就这样纵身一跃，跳了下去。

与此同时，新乡市第一人民医院的病房里，青果也在电视机前，感受着妈妈蹦极时的惊险场面。

当时，青果在医院的病床上躺着的，就在妈妈跳下去的那一刹那，她睁开眼睛了，好像很激动的劲儿。3 月 28 日郭克琴回到了医院，那一天早上 6

点左右，青果一醒来，看着郭克琴，喊了一声妈妈，她那个声音憨憨的，粗粗的。这是成植物人之后，第一次听见她叫妈妈。当时郭克琴一下愣到那儿了，等她回过神来，对女儿说，再叫，再叫，再叫。她多想听到女儿再叫她一声，妈妈。然而，女儿只是张了张嘴，没有叫出来。虽然没有听到女儿叫妈妈，但看到女儿有反应，那个时候，郭克琴觉得好像与女儿一起获得一次生命，自己是世界上最最幸福的妈妈。

这么多年所有的精力，妈妈郭克琴的时间都放在青果身上，自从女儿出事后，她基本没有与亲人们在一起生活过。她说哥哥家的女儿出嫁，人生就这一次，只有她一个姑姑，她也没去参加婚礼，这也是她一生中的最大的遗憾。两个去世的老人忌日，也没空去，每到节气的时候，她心里是非常难受的。就是这样的努力付出，才使植物人女儿的生命留在了这个世界上。郭克琴就这样创造了一个生命和爱的奇迹。

四十六、
母爱与慈善接力

青果的爸爸因为承受不了生活压力十年前就离开了家庭，作为妈妈的郭克琴却始终没有放弃，她独自倾其所有救治已成植物人的女儿。她经历的不只是债台高筑，而且在这十几年里受尽了焦虑、无助、期盼和等待的煎熬。她不离不弃，以常人难以想象的付出对女儿进行康复训练。为此，她还自学了按摩、足疗、推拿。在做恢复训练的同时，她始终把女儿打扮得干干净净。

2003年至今，十六年来，郭克琴与女儿相依为命、艰难地度过每一天，书写了一曲平凡而伟大的母爱之歌。郭克琴平凡而伟大的母爱精神，感动了社会，她的事迹引起了社会和媒体的广泛关注。为此，中央电视台、凤凰卫视、湖南卫视先后播出了专题节目，女儿青果的康复治疗也得到了社会好心人的帮助。虽然经历十六年的磨难，但在妈妈的精心照料下，女儿青果就像一个陷入沉睡的姑娘，似乎随时都会醒来。

2014年北京医科大学一位教授从媒体上看到郭克琴母女的事迹后，认为他们正在搞的一个康复科学免疫项目，能够帮助青果康复训练。郭克琴希望女儿快点好起来，恢复记忆能站起来，于是在2014年底，带着青果来到了北京怀柔区怡安园小区。《公益时报》程总编得知这个感人事迹后，就前去怀柔采访母女俩的康复训练，一来二去便与这家人认识了，成了朋友，他还通过自己的社会关系经常接济这对身处困难中的母女。

吴学宝与程总编也是老朋友，2008 年从媒体上看到吴学宝爱心捐助大学生上学的事，程总编觉得一个搞殡葬服务的人士，仅开间小门脸，但有如此爱心付出很是感动，就记住了吴学宝的名字。2009 年开学季程总编专程从北京来到了石家庄采访，他通过石家庄市民政局的同志了解到吴学宝当年又资助了两名新生上大学，觉得吴学宝非常了不起，非常感动。程总编告诉民政局的同志想见见吴学宝，通过联系两人见面了，程总编还为吴学宝写了一篇报道。两人互相留了电话，成了交往十多年的朋友。

这几年由于北京雾霾严重起来，考虑到大气质量差、对青果康复不利的原因，程总编就通过贵州残联的朋友给青果母女联系租好了房子，准备让她们搬到贵州兴义去，那里空气干净，气候也宜人，适合做康复训练。

青果常年卧床不起，2500 多公里迁徙路程太艰难，如何将一个植物人送过去？开车路途太遥远，担心病人受不了。选择飞机快，但飞机上病人不能躺卧，况且去机场接送都麻烦，而且没有直飞兴义的航班，终点只能到达贵州贵阳，再转送更加麻烦。几个护送方案都被否定，最后选择坐高铁可达兴义。还有一个更重要的事，护送不仅仅是一张车票的事，经过预算要产生一笔不小的费用。郭克琴母女靠社会救助过着康复和生活的日子，显然无力担负如此沉重的负担。为了护送青果程总编也发起愁来。有一天，程总编突然想起石家庄的吴学宝，就在电话里说了这家母女的感人故事，并试探地对吴学宝提出了护送这件事。"这事儿我管了，抬也要把人送过去！"没想到吴学宝想都没想爽快地答应了护送的事，并主动承担了护送的一切费用。

话说出去了，可困难就摆在眼前，路途太过遥远，青果受不了长时间的颠簸，火车上又没有护理设备，到底怎样才能将青果平安送到？为了安全起见，10 月 26 日，吴学宝亲自上北京见了郭克琴，详细了解了病人的情况，初步敲定了护送时间。

吴学宝去了北京了解了郭克琴一家的情况后，深深被郭克琴这种伟大母爱感动和感染，更加坚定了护送决心。吴学宝回到石家庄，将这件事告诉了商会里的朋友，商会三个副会长也纷纷响应，加入护送队伍中来。为了这场"生命之旅"，四人商量了一整天，从如何赶到兴义再到沿途护理，制定出了一个时间精确到小时的方案。护送方案确定，大家分头为护送青果做前期准备工作。

护送车辆准备就绪，抬送人员安排到位，护送人员火车票订好，北京和贵州兴义两地联系妥当。一场母爱与慈善的接力赛达成，一幕跨越大半个中国的大爱护送激情上演。

2019 年 11 月 4 日上午 6 点左右，吴学宝和朋友们坐上事先联系好的当地救护车，从石家庄直奔北京怀柔，得知消息的郭克琴也一早做好准备，等待他们的到来。经过 4 个小时的疾驰，10 点多钟救护车开到了北京怀柔郭克琴母女俩的居住地。大家将青果送上救护车，青果的身体瘫软，只能用担架抬到救护车上。救护车将一行人送至北京西站后，车站告诉他们救护车上不了站台，于是吴学宝赶紧和朋友把青果从救护车上推下来，放到了担架上。然而放到担架上，他们又发现车站的电梯只是客运专用，容积量小，根本进不了救护用的担架推车。北京西站的工作人员发现了这个情况，焦急之时，立即上前安排了绿色通道，通道有了，但全是步行梯，救护车的担架推车不能用了，只能人抬担架。吴学宝等四人一起抬上担架，走向站台。

当担架的重量落在吴学宝的肩头时，他才发现自己的腿很不听使唤。因为他得了髋骨坏死疾病，曾动过手术，平时走路多了关节就痛得厉害。而此时，青果的重量压在肩上，使他倍感吃力。特别是在上台阶的时候，重力倾斜，吴学宝肩上的重量一下增加，他的腿疼得更加厉害，脸一下煞白，豆大的汗珠从他额头滚落下来。大家看到这情形，干着急，因为人手有限，当时是一个萝卜一个坑，每个人有自己的位置，谁也替不了吴学宝，他只有咬紧牙关，硬挺着身子扛着，艰难地一步一步将青果抬到了站台上。其实，吴学宝不仅是腿脚不方便，他已是一个 62 岁的老人，虽然他年老力体不支，腿的伤痛，折磨得他够呛，但是他选择了坚持。

抬着担架的吴学宝一行走上了站台，这时站台上的列车员发现举步维艰非常吃力的吴学宝的情况，忙跑步过来接起吴学宝肩上的担架，把病人送进了车厢。

列车徐徐开动，驶向一个希望的远方。

从北京到贵阳，列车要运行 13 个小时，吴学宝和朋友们守在郭克琴母女身边几乎没有休息，青果每两个小时就要换尿不湿，中间还要翻身，虽然有母亲在旁，吴学宝四人却也寸步不离地守在身边，只要有动静，四个人都是抢着上前帮忙。给她们打水、买饭，做力所能及的事，精心护理。虽然都买了卧铺，但途中四人没有合过一刻眼。

吴学宝说，他第一眼看见青果时候，这个清瘦肤白的女孩被厚厚的被子包裹着，头发梳得很整齐，身边的母亲郭克琴个子矮小，做事却非常麻利，时常在女儿耳边和她分享见闻。"我问过郭克琴，这么喊青果会有回应吗？她说不太可能，但还是试试。我当时觉得一阵心酸。"吴学宝说，虽然青果看起来完全没有意识，但母女之间似乎能交流一样，偶尔青果的手指微微动一下，郭克琴立刻知道女儿是想翻身了或是要吃饭了。"十五年寸步不离陪伴，可能真的有母女间的心灵感应。"

2019 年 11 月 5 日上午 8 点，一行人成功抵达贵阳。站外，提前联系好的救护车早就等在了出站口。乘警也积极帮助他们引路，将青果抬上救护车。青果上车后，救护车一路直奔兴义，一行人甚至连吃口早餐的工夫都没有。贵阳市距离兴义市还有 300 多公里，因为路途遥远，山区公路峰回路转车辆颠簸不止，吴学宝和朋友们悬着一颗心丝毫不敢放松，一路双手紧紧抓护着病人躺卧的担架，精心照顾着。直到当天下午，大家终于将青果和妈妈顺利送到了目的地。看着青果顺利"入住"新居，吴学宝等四人长长出了口气，这段跨越 2500 多公里的爱心迁徙之旅终于画上了圆满的句号。吴学宝等的大爱义举让郭克琴感动得热泪盈眶，不知说什么好。

安顿好青果母女俩，吴学宝等人返回了石家庄。当天，郭克琴就给吴学宝发了短信，并再次向他和朋友们道谢："这几天的短暂相处让我终生难忘，如果没有你们施以援手，青果不可能顺利抵达兴义，是你们的爱心创造了奇迹，今生今世，我们什么事情都可以忘记，唯独你们的爱心会融入我们的内心深处！我能做的就是加倍照顾好女儿，尽快让她康复，我们才有机会报答这些恩情。"言辞虽然朴素，但感激之情至真至纯。

四十七、

大爱义举获正能量奖

行程 2500 多公里，跨越大半个中国，送一个"沉睡姑娘"，这个令人感动的故事经新华社、人民日报等媒体道后，得到了"阿里巴巴天天正能量公益平台"的关注。经过评委和网友们的投票，吴学宝等人的义举获得了 19 票评委票，以及 10067 次网友点赞，最终从 1200 余个参评的正能量故事中脱颖而出，入选"2019 年度正能量人物"榜单。11 月 28 日，吴学宝等四人的事迹成功获得"第 315 期正能量奖"，并奖励 5000 元奖金。这是一份不容推辞的情义，也是一份发自内心的感动。这是对爱心和善良的礼赞，也是对行动者的敬意。

2013 年 7 月，阿里巴巴天天正能量在西子湖畔诞生。项目成立的初衷在于以表彰和弘扬凡人善举为己任，传递人性善良和人间美好，从而影响、改变世道人心。该公益项目由马云倡议成立，七年来投入近 7000 万元，奖励了 8000 多例凡人善举。七年来，从这个群体里走出了十余位"感动中国"人物和数以百计的地方"道德模范"。这个特殊的人群也成为爱心传导的链条，成为正能量传播者，让爱心进一步扩散。他们身上凝结着"勿以善小而不为"的古训，也折射着互联网时代人人公益理念的光彩。

"阿里巴巴天天正能量公益平台"的颁奖词这样写道："为了一对素昧平生的母女，四位热血汉子义无反顾，跨越两千五百多公里，用爱心架起一座生命之桥。爱心唤醒奇迹，一条长信息竟让铁汉落泪，这是感动的泪水，更是炽热的真情。他们平平凡凡，却个个侠骨柔肠，千里护送，护的是'沉睡姑娘'的平安，送的是人间的大爱和暖意。奖励致敬，愿这个动人的故事，能够传遍华夏大地，温暖更多人心。"

《新晚报》副总编张素梅是"阿里巴巴天天正能量公益平台"正能量奖的评委之一，她说，郭克琴无私的母爱让人闻之落泪，吴学宝等人千里护送的义举更是感动社会，他们素昧平生，却因爱心紧紧连接在了一起，义举让人为之动容！他们的义举是一股正能量洪流，相信能带动更多人参与到公益行动中，让更多人因此受益。

"阿里巴巴天天正能量公益平台"的工作人员表示，平台面向全社会寻找善行义举，并通过报纸、电视、广播以及微博、微信等新媒体传播扩散，目的就是奖励平凡人中涌现出的善举，传播正能量、弘扬真善美。吴学宝等四人千里护送病人的行动对社会公众来说是一次爱与善良的精神洗礼，希望我们身边的至真至善能够成为托起整个社会向上向善的力量，让社会的温度在每个人的随手善行中升温。

《吕氏春秋》中记载，有人落水，子路下去给救上来了，人家送了一头牛表示感谢，子路接受了。按一般人的理解，子路好像有点不纯粹啊，怎么能要人家牛呢？可孔子觉得高兴，以后咱鲁国人将会勇于救人了呀！——这又是一个对慈善的观察角度。按孔子之理，吴学宝应该收下阿里巴巴给的奖金。

"获奖固然荣幸，但名利并不重要，希望在这些正能量故事的感召下，能有更多人参与到公益事业中来，让正能量在社会上广为传播，同时也让更多的人受益！"得知获奖的消息后，吴学宝这样说道。远在兴义的郭克琴也表示："他们的爱心让我们母女体会到了人间真情，这份荣誉对吴大哥等人来说实至名归，也是对他们义举的最好肯定！"

然而，得知还有奖金时，吴学宝等四人当即决定将5000元奖金捐给郭克琴和青果母女，吴学宝说："当初他们护送青果，是因为被郭克琴无私的母爱打动，不图任何名利，荣誉是对他们行动的认可，他们很荣幸，但奖金最好捐给远在兴义的母女俩。"

而郭克琴同样拒绝了这笔奖金。她说："四位好心人的帮助，我们终生难忘，但钱我们不能收！这些年，我们已经得到了太多爱心人士的帮助，可以说如果没有大家的帮助，很难坚持到现在。如今我们在兴义的生活很好，这里的物价很便宜，她每月的退休金足以负担青果的治疗费用和日常开支。好意我们心领了，大伙儿对我们的帮助已经够多了，未来应该由我们自己面对，这世上还有很多急需帮助的人，希望奖金能用来帮助其他急需救助的人。这笔钱就用来帮助他们吧！"

人民日报、新华社、央视新闻等媒体转载报道，阅读量超千万，赢得全国各地众多网友留言点赞。慈善之风骤起，吴学宝等四位的义举也传遍了全国。

2020年2月25日，笔者拨通了远在贵州兴义的郭克琴的电话。当提及吴学宝时，郭克琴激动万分，她说："吴大哥自己身体有病，一路上克服了不少困难，当抬着青果上下车站时，他累得嘴唇发白，没有叫一声累。在火车上像对待自己的亲人一样照顾我们，让我十分感动，为了我女儿他出钱出力，是那样的大度坦然，让我敬佩不已。"当问到现在青果的现状时，她欣慰地说："刚才给女儿洗澡时，能坐着了。过去身体瘫痪，没有意识，只能躺在沙发上，现在洗澡时都能坐着，自己知道用力了。"

后来采访时见到吴学宝聊起与贵州的郭克琴通电话的事，他目光深远，表情平静地说，看来贵州那边的气候的确适合青果去做康复修养，今后还要一如既往地帮助郭克琴，但愿这孩子尽快好起来。从他平实的话语里可以看出他为青果好起来感到欣慰，同时让人看到他内心深处认为自己只是尽了一份应尽之责。

这时，吴学宝突然又想起新冠疫情的事，给郭克琴拨打了电话，在电话里叫郭克琴注意防护，千万不要传染上了病毒。最后吴学宝说，有什么需要帮助的事就说话，我会尽力而为。

电话另一端，郭克琴声音哽咽地说："谢谢吴大哥！等青果好起来了，我们一定去看望您！一辈子也不会忘记您。"

……

跨越大半个中国去送你，这是多么大的善举。此举为郭克琴拨开了生活的乌云，看到了生活的阳光；此举是对慈善的具体诠释，让我们看到了善良的光辉和伟大。

2020 年 9 月，由红旗出版社出版的《这个世界会好的》一书被全国百家主流媒体总编辑联合推荐，书中讲述了 8000 多位普通人的正能量故事，吴学宝等护送病重母女去贵州的事迹被收入其中。

图 5-1　吴学宝将青果送到贵州兴义市后，与青果母亲郭克勤合影

第六章　洒向人间都是爱

星辰之下是人间。

人间充满了烟火，在烟火之间是生活，生活中充满了冷暖凉热。

人间如果没有爱，太阳都会死亡。

活在人间，如果我们手牵着手，心连着心，就会集合起一个温暖的集体。

两吨煤温暖残障儿童

2011 年 11 月的一天，吴学宝买了两吨优质煤炭，送到了位于石家庄市郊区大郭村的一所特教学校。

这所学校负责人叫霍振京，本是一名医生，在机缘巧合下以仁爱之心拿出了自己的 16 万积蓄，建立了这所专门为智能障碍、视力障碍及脑瘫等儿童提供教育和康复训练的公益民办特教学校。学校 2011 年 3 月投入使用。

霍振京租房、购置必要的教学和康复训练设备后，16 万元花了精光。

季节进入了隆冬，天气越来越冷，可教室和宿舍里没有暖气。特教学校原本是一处民房改造的，没有集中供暖，暖气要烧锅炉才行。可学校实在没买煤的钱，急得霍振京像热锅上的蚂蚁。这事让媒体知道后，进行了报道，吴学宝翻报纸时无意中看到了这个消息，他觉得已天寒地冻，那些残疾孩子冬天没暖气怎么行呢，于是他租了一辆车，去煤场买了两吨优质大块煤，直接送到了学校。

卸完煤，他才见到了霍振京。霍校长是位年轻人，毕业于河北医科大学，曾在和平医院、以岭医院、石岗医院和永安心理医院任职，精通中医、外科、内科、神经科、按摩、拔罐、针灸等康复技术。谈到创办这所学校的初衷时，他说："在医院上班的时候，好多家长带着智力障碍、肢体残疾的孩子们找我就诊，问到孩子们上学的问题时，好多家长都面露难色。""家长说他们想让孩子上学，孩子也愿意上学，可是正常学校因为孩子身体原因，怕担不起责任就拒绝接受他们，甚至有的连幼儿园都上不了。"

2010 年 9 月，霍振京有了自己的儿子之后，深知养儿育女的难处，于是创办了个人诊所，在为残疾人及其家属治疗的时候，都是价格从优甚至免费。在一次次和残疾孩子的家长谈到这些孩子无法正常入学的问题后，霍振京萌生了创办一所特教学校的想法。霍振京对吴学宝说："我就是想让这些孩子都集中到一块，让他们有学上，也让他们享受一下九年义务教育的快乐。"

与霍振京相识后，吴学宝认为人家做慈善做得好自愧不如，他深有感触地说，霍校长用所学知识造福那些残疾儿童，对社会贡献太大了，是自己学习的榜样。

自觉担当

2014 年 5 月 28 日，石家庄市工商联殡仪服务行业商会成立并举行第一次会员代表大会。这是全国首家成立的殡仪服务行业商会。吴学宝通过选举当了会长。

石家庄市工商联有关负责人表示，随着老龄化发展，我市大批殡仪服务公司应运而生，但总体来说，商户经营网点分散，管理松散，影响了服务质量和水平。此次成立殡仪服务行业商会，对于规范行业发展具有重要意义。

商会将分布在石家庄市的个体殡葬从业者，集合成自愿组成的社会团体，从小作坊式发展成为有机构的组织。商会立足于满足石家庄市区殡仪服务，补本地殡葬事业发展短板，由无到有，从小到大，打造做强做精的殡葬服务团队。商会先后制定了殡仪服务行业商会章程、名称、性质、宗旨、管理方法、业务范围，建设了会员之家，开启了依法规范行业、依法促行业、依法兴行业的新路子，使商会走上了行稳致远的大道，大力培育商会公益慈善民营组织，服务项目不断创新。

吴学宝当选商会会长后，目前吸纳了近百家会员企业入会。商会制定并完善了管理制度，定期召开会员代表大会，定期检查指导各会员商户工作，查找问题，树立典范，规范殡仪服务业发展。同时，商会在企业与政府间充分发挥桥梁纽带作用，促进企业间的交流合作，打造石家庄殡仪服务行业名牌，为百姓提供高质量服务。

商会是船，党建是帆。商会成立之后又报请上级党组织成立了党支部，吴学宝在选举中，高票当选为石家庄市工商联殡仪服务行业商会党支部书记。他严抓内部管理，认真落实党建工作制度，确立高起点、高定位、高标准建设发展目标，注重社会主义核心价值观的培养，为商会建设保驾护航。坚持做到"六有"，即学习有计划、工作有安排、落实有记录、材料有档案、活动有场地、制度有展示；学习内容做到"三结合"，即与当前形势相结合，与当前工作实际相结合，与当前思想实际相结合。利用党支部微信公众号和党员微信平台，及时宣传党的路线方针政策，及时宣传党建工作信息，及时表彰支部内好人好事；在落实"两学一做"学习教育常态化制度化方面，突出学与做的结合。2016 年石家庄地区发大水，商会党支部第一时间组织党员赶赴平山南冶和板山两村给当地受灾村民送去急需的米面油等爱心物资价值 2 万元，受到河北省文明办的高度赞扬和表彰。

五十、
爱的张力

1996 年，吴学宝刚做殡葬服务不久，一朋友相约谈了一件委托之事。

只知道托事的人在新西兰读书，她是父母的独生女儿，父亲早已过世，母亲因年事已高，身边没人照顾，入住了一家养老院。自己不能在母亲身边照料，但她花了很贵的养老费用，非常希望母亲能颐养天年。令人遗憾的是母亲在养老院里因为脑梗，言语障碍，并且瘫痪在床，几乎就是个植物人。她曾多次回国为母亲看病，但不见好转，只好再次将母亲送回了养老院。由于自己担负的科研课题非常重要，她实在没有时间守在母亲身边。她只好托亲戚日常去养老院看望母亲，母亲的后事，通过一个认识吴学宝的人，委托给了吴学宝办理。

的确，知道母亲病入膏肓，治疗又没效果，但又不知何年何月去世，真的难坏了这家女儿。吴学宝知道托事之人的隐痛之后，就答应了下来。

那天，养老院突然给吴学宝打来电话，说这位母亲被送到了医院，经过抢救去世了。吴学宝领着妻子，带着寿衣火速赶到了医院，给老太太净身、化妆、穿好寿衣。第三天，老太太女儿一家从新西兰飞了回来，看到自己母亲安详的遗容，对吴学宝感恩不尽。

五十一、
捐赠垃圾箱

吴学宝不仅乐善好施，资助有困难的个人，而且，他热爱公益事业，勇于承担社会责任，为社会无私奉献。

河北省医科大学第四医院附近的健康路，有很多外地人到医院看病经过，为了给人留下好印象，同时也为了人们丢弃垃圾方便，吴学宝早在 2014 年 1 月，在健康路摆放了 26 个垃圾箱，健康路看起来更加干净整洁。三年过去了，一些垃圾箱经过风吹雨淋，箱体出现了破损，为保持沿路的美观，2016 年他又出资 5000 余元，再次购买了 20 个玻璃钢材质的卡通垃圾箱，将之前的旧垃圾箱全部更换。

走在这条路上，看到新更换的卡通垃圾箱形态各异，妙趣横生。有兔子、熊猫、金鱼……各种超萌形象的卡通动物垃圾箱，现在看起来都特别可爱。他说："这些垃圾箱都是在 2016 年 12 月 28 日下午更换完毕的，一共有 20 个，都被摆放到了健康路两侧，大概有 2 公里长。这样既美化了道路，也方便人们就医时丢垃圾。"

吴学宝每周都要用抹布擦拭垃圾箱箱体，他说我在这条路上做了多年的生意，就想把它弄得好点，垃圾箱方便了市民，也给环卫工减轻了工作强度。这样让人们走在这条路上心情更加愉快些，他说只要能够给大家提供便利，自己就会一直做下去。

吴学宝常说，身为一个普通党员，也要有身肩国家发展，心系社会公益的高度。做慈善，不见得要轰轰烈烈，把一些小事做好，让更多的人感受到这个世界充满爱，这也算是慈善。平实的言语中，我们能感受吴学宝的慈善心至真至诚。

图 6-1 2019 年，吴学宝向石家庄市志愿服务基金会捐赠 10000 元

走向防疫一线

2020年年初，一场人类历史上罕见的新冠疫情暴发。在党的坚强领导下，春节期间，全国打响了全民防疫控疫之战。石家庄实施了居民小区封闭式管理。由于疫情传播迅速，人们"谈疫色变"。一时间，疫情改变了人们的生活，一双双慌张的眼睛，一个个疲惫的身影，一张张焦虑的脸庞充斥生活的时间和空间。石家庄的老旧小区没有物业，为防控疫情，政府工作人员下派到了基层，社区干部奔波于各居民小区。在最短的时间内，构建起了有效的疫情群防群控网格。

尽管政府机关干部下沉一线，但还是人手不够，辖区政府只好在群众中招募志愿者。吴学宝想到自己是党员，在得知社区招募疫情防控志愿者时，立马报了名，主动请缨到社区疫情防控一线。吴学宝所在的华平胡同是老旧小区，不仅人员复杂，面积还特别大，消杀工作任务重，他切身体会到社区防疫监测点工作人员的工作强度之大，于是他自己出资购买了价值1000元的方便面、牛奶、火腿肠等物资，通过居委会分发到社区各个防疫监测点。社区书记姚惠璞向他表示感谢，他却说："我不仅要给社区捐物资，还想着为支持武汉抗击疫情尽一点微薄力量。"他先后通过石家庄市文明办、石家庄市志愿服务基金会发起的"风雨同心，武汉加油一起帮"活动为武汉抗击疫情共捐款4000元。在接到组织党员开展自愿捐款支持疫情防控工作的通知后，他来到街道办事处党工委缴纳了大额党费1000元。

四个多月过去，他没有间断过一天，始终值守在防控社区点，登记信息、测量体温、宣传防疫知识、排查与疫区有接触的人员……每一项工作都细致入微，滴水不漏。他就是用这样的方式，始终和街道、社区的工作人员并肩作战，同甘共苦，用行动诠释着一位共产党员的初心，肩负起一个共产党员的使命担当。

2021年石家庄疫情暴发，吴学宝主动向社区党支部请缨，在小区门口做防控工作达两个月之久。

风雨多经志弥坚，越是艰险越向前。在两次防疫之战中，吴学宝做的虽不是什么惊天动地的大事，但正是他这样的千千万万个"逆行者"战斗在基层一线，才筑起了一道道人民群众生命安全的防护墙，凝聚了战胜疫情的强大正能量。吴学宝说，我坚信有党中央的坚强领导和全国人民的共同防控，一定能战胜疫情，此战，必胜！

两次抗疫，吴学宝都带病参加防控。他说，哪天疫情结束，哪天他才终止值勤。

三月里春暖花开时，石家庄的疫情防控取得全面胜利，各地复工复产开展得如火如荼，吴学宝又加入了复工复产的战斗之中。

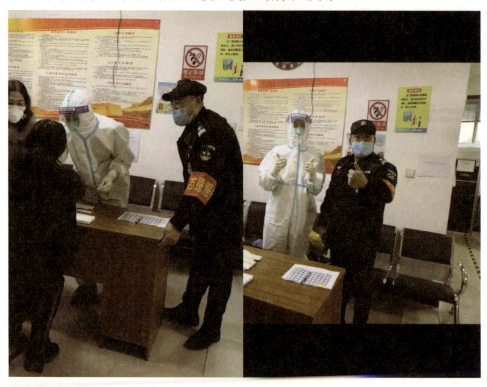

图 6-2　吴学宝作为志愿者参加社区新冠疫情防控工作

爱心献给抗疫记者

2020 年 3 月 6 日，吴学宝带着价值 2000 多元的口罩、方便面、矿泉水等物资，送到了《燕赵晚报》编辑部，他说，疫情发生后，记者们不畏艰险，冲在了疫情防控第一线，及时准确地报道了石家庄的疫情，是人们心中最美的逆行者，向你们学习致敬。

其实自疫情发生后，作为一名共产党员吴学宝积极响应建安街道党工委的号召，自觉当起了一名志愿者，在社区居委会的统一布置下，每天坚守在华平胡同北口，为居民测体温，做出入登记工作，负责小区消毒，为社区防控病毒贡献着自己的力量。

他经常看到媒体人进社区，宣传防控，心生敬意，于是他给晚报编辑部送去了一份爱心，表达了自己的崇敬之情。

他说："我们要听从中央防控统一安排，全民一心，才能夺取最后胜利。"

吴学宝二十多年的坚持，人们送给他一个雅号"慈善行者"。他连续十五年在石家庄"鲜花送雷锋善美在省城"活动中被评为"先进个人"，被河北省精神文明办公室评为"慈善先进个人"。

从事殡葬服务业多年，吴学宝见过太多生死离别。他越来越觉得，钱财是身外之物，有多少钱也带不走。用钱来帮助别人是非常有意义的事，也能让自己收获安心和快乐。家人都非常支持他做公益。

2021 年"清明节"到来时，吴学宝与商会的同仁们正在石家庄各殡仪馆进行"绿色扫墓"宣传活动，这是他连续五年做这项宣传活动了。

慈善行者，永远在路上。吴学宝说，他这一生会将慈善进行到底。

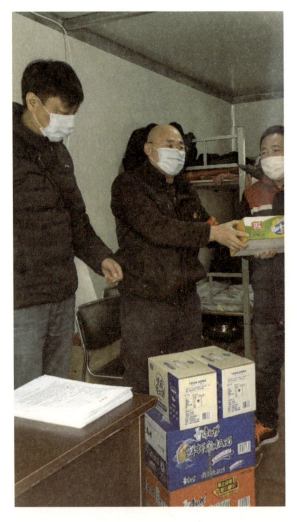

图 6-3　2020 年 3 月，吴学宝向华平社区新冠疫情防控点捐赠生活物资

第七章　扶贫路上

贫困，是世界性难题。反贫困，是全人类共同的历史任务。

慈善与扶贫有天然的内在联系，扶贫是强者对弱势群体的关注与关怀。

怀着一颗慈善之心走上扶贫路，尽管前路曲折，但大爱永存。

五十四、

绿色的希望

党的十八大以来，习总书记花精力最多的是扶贫工作，去的最多的是贫困地区，牵挂最多的是困难群众。他亲自挂帅、亲自出征、亲自督战，将脱贫攻坚摆到治国理政的突出位置（从就任总书记后鲜明宣示"人民对美好生活的向往，就是我们的奋斗目标"到顶风冒雪到河北阜平看真贫，提出"两个重中之重""三个格外"重要思想；从 2013 年在湖南十八洞村首次提出"精准扶贫"重要思想，到 2015 年提出"六个精准"、实施"五个一批"、解决"四个问题"；从 2016 年提出实施最严格的考核制度、强化东西部扶贫协作和对口支援重要思想，到 2017 年提出聚焦深度贫困地区，开展扶贫领域腐败和作风专项治理；从 2018 年提出实行脱贫攻坚干部轮训、打赢脱贫攻坚战是实施乡村振兴战略的优先任务、相对贫困将长期存在等重要思想，到 2019 年提出重点解决"两不愁三保障"突出问题、减少和防止返贫、贫困县摘帽后"四个不摘"、不获全胜决不收兵等重要思想……），提出精准扶贫方略，带领全国各族人民向最后的贫困堡垒发起总攻，书写下中国反贫困斗争伟大决战的时代画卷。

说起吴学宝扶贫，缘由是他看到河北省阜城县扶贫干部李双星的扶贫故事。

2004 年，李双星在阜城任扶贫办主任。4 月 12 日，县城发生了一件与扶贫有关的事件，让李双星坚定了扶贫的决心。那天，一个中年男子在阜城县政府门口徘徊，门卫以为他是在找人，便主动上前询问是不是需要帮助。谁知这男子从怀里抽出一把尖刀，没等门卫做出任何反应，男子对着自己的腹部，一刀刺了进去，顿时血流如注，痛苦不堪。一个出门下班的副县长刚好看到，于是与司机一起将这男子紧急送往医院抢救。为什么发生这样的突发事件？后来才调查清楚，这中年男子四处筹款建了七个大棚种植蘑菇，由于没有经验，管理不善，最终血本无归。面对巨大亏损，他无力承担。在走投无路时，他认为是政府引导种植的，但觉得政府没有人具体指导过他，觉得找谁也不是理由，无奈之下想到了用自残的方式引起政府注意，以博取同情，看政府能不能给补偿一些损失。

　　还有一个故事是李双星在当县扶贫办主任时，之前县里搞了一个扶贫项目——"扶贫周转羊""扶贫周转猪"。当时县里用了100多万元扶贫资金买了羊羔和小猪，分配给了全县40个重点贫困村。李双星当时想，先去调查一下，看看这100多万元扶贫资金能收到什么样的效果，养殖是否能在全县复制。

　　李双星带着扶贫办的同志下乡开展养殖抽查。他来到了倪庄村一户扶贫重点人家。他问老乡："你的扶贫羊呢？"

　　老乡说："死了。"

　　"死在哪儿了？带我去看看，检查一下因什么病死的。"李双星想弄清羊发了什么病，便追着问。

　　老乡回答说："给埋了。"

　　李双星刨根问底："埋在哪里了？"

　　这时，老乡支支吾吾回答不上来了。

　　原来，这家把500多元一只的扶贫羊以200元的价格给贱卖了。李双星又气又恨，这时老乡说，我家老婆生病，穷得实在没办法，不卖不行，没有什么能换成钱啊，说着老乡一屁股坐在地上哭了。

　　这两件事让李双星这个县扶贫办主任扎心一样的痛，使他下定决心要把全县扶贫工作抓出特色来。后来，通过建大棚种菜，建农村合作社，搞粮食集约型种植，带动了15万贫困人口脱贫致富。

　　李双星扶贫的故事使吴学宝感触很深，使吴学宝认识到光给村民送吃送穿解决不了根本问题，要落实习总书记扶贫扶志的思想，要让农民学会劳动致富。于是他选择了帮助贫困村种经济林。

　　其实，自2013年起，他资助学生，每年都要到贫困山区，每年去，每次都看到山区老百姓那样贫穷。他认为一味地捐款捐物并没有从根本上解决贫困地区村民的贫困现状。于是他想到了帮助山区老百姓脱贫致富。

　　在习近平总书记提出"精准扶贫""精准脱贫"的战略思想后，吴学宝与街道办事处商量，在自己居住的华平社区成立"爱心帮扶队"，他与志愿者们考察了石家庄平山县部分山区，结合实际地貌和环境特点，他为平山境内的乱石沟村、十里沟村、王平村、沙沟村、东沟村、杨家湾村、王家湾村等11个村，制订了一个长期的脱贫致富计划——发展林果经济和养殖，种植核桃树、花椒树、板栗、桃树，散养柴鸡和小猪，让村民们有可持续的收入，从根本上脱贫。2013 年，他出资 10 万元，为这 11 个村购买了树苗，并带着"爱心帮扶队"志愿者们亲自栽种。经过多年的努力，吴学宝和"爱心帮扶队"志愿者们在乱石沟、王平、十里沟、王家湾等 11 个村栽了 1600 亩核桃树、花椒树。

由于这几年雨量小，山区的核桃树尤其是花椒树，幼虫非常厉害。吴学宝和志愿者们经常为村民们带去杀虫剂、喷雾器等除虫工具，撒肥浇水，打药除草，与村民们一起劳动，帮村民们渡过难关。2017 年他再出资 10 万元和志愿者们又将树苗、鸡苗、猪苗，运到王平村、乱石沟村、十里沟村和王家湾村等 11 个村，进行补种补栽。今年 1600 亩最终喜获丰收，如今靠着收获核桃和散养的 16000 只柴鸡，有的农户仅卖核桃收入一项一年就超万元。

因为石家庄"爱心帮扶队"志愿者团队帮助的 11 个村都是地处山区，耕地、林地、果树不便灌溉，志愿者们和吴学宝又为村民出资修水坝、修建蓄水池、打水井，为果树苗后期浇水补栽给予方便，还邀请农村技术人员解决果树的防冻、防虫等技术和后期管理问题。让一枚枚鸡蛋和一斤斤核桃实打实地变成真金白银，真正改变农村靠天吃饭的历史。

就这样，吴学宝和"爱心帮扶队"志愿者们走出了一条"精准扶贫"的公益之路。当然脱贫攻坚的任务还很繁重，特别是在贫困山区，2019 年他又投入 8 万元，为王平村、王家湾村、杨家湾村等 11 个村送 1 万多只雏鸡。他说只要"爱心帮扶队"志愿者们一起，一定能帮助农民朋友真正脱贫致富。

2020 年 8 月 22 日早上 7 点，吴学宝与"爱心帮扶队"志愿者团队的 36 位志愿者，在桥西区大经街集合，按原计划驱车把榨油机、炒干机、脱青皮核桃机、脱核桃硬壳机、脱板栗外壳机和两台潜水泵，共价值 6 万 3 千元的机器送往平山县王家湾等 4 个自然村。这次吴学宝还给困难群众送去 20 袋大米。

91 岁高龄的张玉婷老人拄着拐棍也来到了现场，老人家看到给他们村送来这么多机器激动地流下眼泪说，老吴带领的队伍人真多，好人真多。老人的话让志愿者们很是感动，吴学宝把带来的礼物送给老人家作为慰问。

图 7-1　吴学宝夫妇为平山县贫困山区捐赠板栗树苗，并参加植树活动

帮扶南文都村

　　2016 年春节前，吴学宝通过石家庄市工商联驻村扶贫工作组向平山县下槐镇南文都村的贫困户捐赠米面油。那天刚到村里，驻村工作组第一书记张端树忙着向村支书范明平介绍吴学宝，令张端树没想到的是，村支书居然说他早已认识吴学宝。此言一出，说得大家都一头雾水。

　　这时，范书记才讲起吴学宝捐资助学的故事。那是 2013 年，下槐镇南文都村范姓人家里孩子范震考上了大学，但因为家中孩子爷爷奶奶都有病，为给爷爷奶奶看病，不仅花光了家中所有积蓄，而且向亲戚朋友借了不少钱。当孩子接到河北工业大学的录取通知书后，学费的事愁坏了一家人。懂事的范震看到爸爸妈妈为自己的学费非常为难，就强装笑颜说："爸爸妈妈我考上大学，说明我学习是努力的，已经成功了。大学我就不读了，今后我出去打工，多挣些钱，一来可给爷爷奶奶看病，二来让弟弟读书就行了。"其实孩子这样说，大人听了更难受，没有办法，爸爸就求村委看看能不能帮帮忙，范书记得知县团委有资助贫困大学生的事，就去了一趟县里，向团委反映了范震的情况，结果范震就成了吴学宝的帮扶对象。吴学宝每年都要帮扶贫困大学新生上学，也习以为常，来了南文都村给范震捐了钱，就匆匆忙忙赶往另一个捐助对象家了，所以把给范震捐钱的事忘得一干二净。

　　在村里向贫困户捐完米面油后，范书记觉得恩人到此，受捐的范家人应该见一下吴学宝，觉得这是出于礼貌。不巧的是，那天范家人去县城给孩子爷爷奶奶看病了。吴学宝没有见着人。

　　在南文都村，吴学宝看到通过驻村干部扶贫，不仅村容村貌发生了变化，而且有公司在村里投资搞农业开发。

　　听范书记说，工作组来了后拆除土建厕所 67 座，猪圈 70 个，车库 5 个，破旧围墙 600 多米。完成了 2000 多米村街道的硬化，并铺装了仿古地砖，沿街进行了绿化，种植了各类花卉；建造了两个具有明清特色的牌楼和景观墙；铺设了供水管和排污管；修建了 3 座旅游厕所和 300 多立方米的化粪池；村里装上 100 盏路灯，建成了两个共占地 6000 多平方米的活动广场，还安装了健身器材；对村文化活动室、戏台进行装修完善，对广场和街道进行绿化美化，村容村貌焕然一新。白天看小村整洁美观多了，晚上村里再也不黑灯瞎火，村民生活便利舒适。吴学宝也深感南文都村变化之大。

　　习近平总书记说，绿水青山就是金山银山。经过深入调研，工作组与村"两委"干部最终敲定引进企业投资，整合土地、山林等资源，借势西柏坡红色旅游景区，打造文都河农业生态观光园项目，形成以种、养、休、游、娱为特色的现代综合性农业体，让产业扶贫带动群众脱贫致富。

　　农业生态观光园项目园区规划占地 5800 亩。建成后，可解决当地富余劳动力就业 300 余人。可整理土地、绿化荒山 3000 亩以上，治理河道 148 亩，改良河谷冲毁土地 110 亩，建设鱼塘 50 亩，年创造利税 6000 余万元。2016 年 6 月，该项目分别在河北省国际经济贸易洽谈会——石家庄市合作项目签约仪式上作为重点结对帮扶项目正式签约。接着园区项目的启动实施，开创了村企合作扶贫的新模式，使得南文都村精准扶贫进入了一个新里程。目前，园区建设已完成投资 4800 余万元，面积 3000 平方米的生态餐厅主体已完工，投放鱼苗的水源治理达 50 余亩，加固堤坝 1800 多米，移栽各类树苗 1600 余株，大树 50 余棵，栽植苹果树 370 亩近 18500 株、樱桃 20 余亩近千株，葡萄园 300 余亩；硬化园区广场 3000 平方米，修建桥梁一座、园区道路 1600 米以及酒窖一座，治理河道 2000 多米。租赁村民房屋修缮装饰开办农家乐 2 处，初步形成了"种、养、休、游、娱"一条龙生态旅游产业，初具营业条件。农业生态观光项目全部完工后，将带动文都河流域 3 个村庄 1500 多人致富。吴学宝看到南文都村发生的翻天覆地变化，很感动，他与村"两委"商量后将商会党支部活动中心建在了南文都村，并积极开展了支部共建活动。一来二去，吴学宝也成了南文都村的荣誉村民。巧的是吴学宝党支部党员活动中心所在地不远处就是范震的家。2020 年，范震妈妈崔淑芳讲，大儿子范震本科毕业后，考上了北京航空航天大学的研究生，研究生毕业又考上了天津市的公务员。二儿子今年上高中，就读于石家庄市重点中学二中，疫情防控期间在家上网课，正在紧张备战高考。听说自家的恩人来了，弟弟走出房间热情洋溢地向吴学宝汇报了自己的学习情况，说哥哥不在家，他代表哥哥感谢吴伯伯，自己一定努力学习，以优异的成绩报答吴伯伯的关爱之情。吴学宝表示，只要范家二儿子考上大学，他一定资助。

范家爷爷奶奶都相继去世，父母都打工挣钱，送孩子上学，更想尽快还清外债。那天，与恩人吴学宝相见一家人很是高兴，谈笑风生，感激之情溢于言表。

与一个村的缘分从资助一个贫困大学生开始，吴学宝目前投资十多万元，沿南文都河兴建一个鱼塘，让村民们通过养殖致富。2020 年 5 月 23 日，吴学宝采购了一万元鱼苗放养到了池塘中。

南文都村春光明媚，池塘里荷叶拂风，清波荡漾，时不时可见池中鱼跃出水面打挺，岸边还修建了凉亭，可供村民纳凉。

为了使村民永不忘记吴学宝的无私奉献，南文都村委会还在池塘边立了一座纪念碑，上书纪念文字：

涛飞文都，气卷太行。两山理论，风云激荡。爱心人士，学宝先生，捐资建塘，十五万元，无私倾囊。

清水碧波，锦鲤游荡，鸟语花香，造福村民，怡情健康，美化山乡，初心辉煌。铭功彰德，以期流芳，立此石碑，昭示来人，共筑梦想。

立碑时间是 2020 年 8 月。

看到脱贫的南文都人幸福的生活，吴学宝感慨万分地说投资扶贫很值得。为了宣传党的扶贫政策，鼓励村民投入乡村振兴，他又投资 4 万元在南文都村做了宣传画廊，宣传党的扶贫政策和乡村振兴战略，激励全村党员干部和村民奔向振兴乡村的新时代。

图 7-2　吴学宝向南文都村贫困家庭捐赠爱心款物

特殊礼物

"车来了！车来了！" 10 辆汽车沿着村里弯弯曲曲的街道开到了村委会院内，村民立即围了上来。"大家别急，排好队，按户口本，人多多分，小鸡大家都有份。"驻村扶贫干部石家庄文明办冯进国处长边说边给村民分鸡。

　　这一幕发生于石家庄行唐县口头镇东沟村，时间是 2018 年 5 月 20 日。

　　东沟村位于京昆高速，从行唐口下高速，再走 203 省道就到了东沟村，全程 100 多公里。东沟村全村有 200 多户人家，地少人多，每年打的粮食都不够吃，村民们都在温饱线上挣扎。为了生存年轻人都外出打工，现在只剩下老弱病残及孤寡老人。

　　吴学宝这次为东沟村共提供了 4000 只雏鸡，为 19 户特困农民提供了粮油。他为村里贫困户买的雏鸡产自藁城。藁城永泰种禽公司李增属总经理知道吴学宝爱心组织帮助行唐老区乡亲们致富很是感动，李经理说："我也捐 1000 只小鸡，帮他们生活尽快好起来。"

　　那天早上，不到 9 点，200 多户村民得知喜讯，早早到达村委会发放地点，乡亲们为便于搬运物品，除了自带各种各样的纸箱，还有村民背着筐，甚至有人推着独轮车，车上带着鸡笼子。4000 只雏鸡从藁城装车运到口头镇东沟村，路途远，刚孵出来的小鸡也经不起剧烈颠簸，面包车不得不控制车速。尽管吴学宝们从石家庄不到 7 点就带着雏鸡上路了，但驶抵东沟村，已是上午 10 点了。

　　车停稳当，打开车厢，随着一阵阵叽叽喳喳的叫声，一只只毛茸茸的小鸡出现在众人面前。为了保证发放秩序，村主任已提前写好了编号，发给这 200 多户村民，吴学宝和志愿者顾不上休息，便开始按户发放。200 多户人家，人多多分，人少少分，但一个人最少 10 只。之所以这样分发，吴学宝与村干部们商量过，担心人口少的家庭养的鸡多了照顾不过来。

　　70 岁的贾腊八，由于小时候家中生活困难，一直没有结婚，现和 91 岁的老母亲相依为命，现在年纪大了，失去劳动能力，主要靠低保生活。之前贾腊八和母亲一直生活在漏雨的老房子里，后来村子对他们的房子进行了危房改造，现在他和老母亲已经住进了宽敞的新房子。不过由于没有劳动收入，新房子连墙都没有刷，贾腊八想将好心人提供的鸡苗养大后攒点钱进行房子装修。

　　行唐是国家级贫困县，民间公益力量能不能发挥优势参与脱贫攻坚，帮助东沟村乡亲们过上好日子呢？吴学宝出资并带着志愿者主动对接国家的扶贫战略，在政治觉悟、思想境界、服务能力方面都上了一个大的台阶。吴学宝带动志愿者们共同发力，互相配合，互相协调，以政府为主体，以民间公益力量为补充，共同推进脱贫攻坚。

　　吴学宝搞这些活动，都是亲力亲为，他打心眼里感激志愿者团队，他说，没有他们，自己一个人也干不好这些事。他虽然捐赠的都比别人多，但说起其他志愿者的爱心行为，他津津乐道，眉开眼笑，为他们的善举由衷高兴，赞赏有加，由此可见他有一颗金子般的心。

图 7-3　吴学宝帮扶行唐县贫困学生

大山中的风景线

　　2019 年 11 月 3 日，吴学宝带领石家庄的志愿者团队一行 7 辆车，拉着 2 万多株核桃树、花椒树苗，从石家庄出发，经过近 4 个小时的行程，赶到邢台市沙河市柴关乡杜硇村。

　　杜硇村位于太行山高速公路沿线，那里是一条名副其实的长山沟，省道从沟口到沟顶有 7 公里多的山沟分布着 3 个自然村，村民居住分散，村里并没有大片农田，全部都是依地势人工平整的土地，耕地面积590多亩，山场面积2900多亩，总共120余户人家，450多位村民。由于地少，土地贫瘠，村民们就在这样的土地上耕种，加上山里有野生动物狐狸、地鼠等，农田刚刚长起的庄稼常常在晚上遭遇"偷袭"。村民吃水是下雨储存的积水，天不干旱每年打的粮食基本够吃，如果遇到干旱灾年，农民的生活可想而知，村民们都在温饱线上挣扎。

事先吴学宝带着志愿者们和村党支部书记元进尤进行了沟通，交流了精准扶贫方面的经验，并和村干部们进行了规划。要想让老百姓真正富裕起来，应当做长远打算。吴学宝与志愿者团队当年给村民们提供2万多棵核桃树、花椒树苗，结果后还提供销售渠道。村干部听了很受鼓舞和感动。根据往年栽树的经验，吴学宝建议霜降过后天气渐冷，核桃树、花椒树开始冬眠，正是移栽的好时候。移栽后进行浇水，树苗储存了水分，再加上冬天雪花给树苗盖上了一层厚厚的棉被，到了来年春天再给树苗浇一次水，春天树苗各个争先发芽，这样成活率也高。

那天一到山上，吴学宝和志愿者们顾不上休息，带上铁锹、铁镐，提着水桶和村民们到山坡地里一起种起了果树。志愿者们虽然都生活在城市，但像栽树这样的活儿也是轻车熟路，挖坑的挖坑、培土的培土，大家配合默契。到当天中午，山坡上一块块地里就长出了一片片核桃树、一棵棵花椒树，成了杜砌村山上一道道亮丽的风景线。

2020年夏天，吴学宝再次来到沙河市柴关乡杜砌村，沿沟而行，看到核桃树、花椒树生长得郁郁葱葱。虽然还是树苗没有挂果，但想到再过两年，一定会树木成林，果实满枝，丰收在望，村民收入将像树根一样扎扎实实，年复一年充满生机。

五十八、

种下"夫妻"林

2020年3月14日上午，吴学宝和爱人刘素芝与20余名爱心人士一同来到平山县寨北乡及古月镇等地，将夫妻俩自费购买的价值1.2万元的板栗树苗先后运到了王家湾、沙坪、南坪、杨家湾4个村，一是搞绿化荒山，二是想通过种植经济林帮助村民脱贫致富。

在不久前，夫妻二人和几名爱心人士前往平山县多个山村慰问奋战在新冠肺炎疫情防控一线的农村志愿者，了解到该县的王家湾、沙坪、杨家湾及南坪4个自然村，目前还有200多亩山坡梯田亟须绿化，而当地却没有太多资金来付诸行动。

那天早上7点多，吴学宝他们一行从石家庄出发，经过两个多小时，陆续到达了目的地，大家顾不上休息，马不停蹄地开始了劳动。吴学宝夫妇与志愿者们个个争先恐后，扛着铁锹、洋镐，提着水桶各自找到有土的地方挖坑栽树，他们栽树、浇水、施肥、培土……干得热火朝天。到了中午大家都在山上用自带的干粮简单对付午饭，又继续栽树，虽然山上刮着风，天气很冷，但大家都干得满头大汗。有的人手上打起了血泡，但没有一个人叫苦叫累。吴学宝髋骨坏死，走路都疼痛难忍，却坚持到最后，没有休息。

吴学宝是这次活动的发起人，他说："我们已经坚持在荒山上种树有4年了，这次共支出12000元，购买了3000多株板栗树苗种在了平山县的几个山头上……"

"为什么选择种树？"

"种树可以推动当地绿化，还可以帮助村民脱贫致富。"吴学宝简单直接地回答。他说只要能帮助到村民，怎么做都是值得的、开心的。

王家湾村村长表示，该处由吴学宝和刘素芝夫妻二人捐赠并栽种的板栗树林，将来村里计划立一块碑，取名"夫妻林"，让这份爱心伴随树苗茁壮成长。

"我是共产党员。"这是吴学宝的口头禅。他一直热心公益事业，只要他了解到相关的人或事需要帮助，就会主动出手帮扶。"我做公益，从来不记数量，这么多年组织、参与过的爱心活动多得记不清了。"

对于自己的行为，吴学宝认为，作为一名党员，有家人的支持，尽自己所能帮助别人是应当之事。他说："将会继续做好公益，和其他爱心人士一起，让更多人得到应有的帮扶，让这个世界始终充满着爱。"

青山无语，树木有情。笔者返程途中，再次看到风中摇曳的每一棵幼小的树苗，禁不住感慨万千。这些小树的生命历程，注入了一个人多少的积累、精力和感情，它们不再是弱如毫发的小苗，它们将根须相握，枝叶相抱，在王家湾、沙坪、南坪、杨家湾撑起大片蓝天，在那些贫瘠的土地上感恩每一个关爱它们的善良的人，在风中传诵吴学宝的故事。在不远的将来，它们将开花结果，为当地百姓增加收入，带着人们走上共同致富的道路。

时间可期，我们将看到王家湾、沙坪、南坪、杨家湾巨幅的绿色新装，将看到王家湾、沙坪、南坪、杨家湾老百姓奔赴在幸福的生活路上。

图 7-4　吴学宝在贫困村参加植树造林活动

榜样的力量

2020年5月16日早上7点，吴学宝与石家庄"爱心服务队"的志愿者们以及龙元扶正堂益灸团的志愿服务人员，来到赞皇县石嘴头村进行了两项公益活动。一是五位中医专家现场为当地村民和一些孤寡老人、留守老人以及因病返贫的农民免费调理骨关节疾病、腰腿疼痛、风湿类风湿等慢性疾病。二是大家对之前栽种在这里的蟠桃树进行了浇水、施肥等维护工作。

5月11日下午5点，吴学宝接到石家庄赞皇县石嘴头村委会打来的电话说："你们前几年给我们村栽的89亩蟠桃树已是枝繁叶茂，蟠桃树已挂果，但也出现了一些问题，由于今年春天我们这里雨下得特别少，蟠桃树油虫蔓延得特别厉害，急需要电动喷雾器杀虫剂进行喷杀，也急需要史丹利化肥2000斤，电动割草机、水管、潜水泵进行灌溉。"村委会还发来了需要设备的明细。

针对赞皇县石嘴头村的情况，吴学宝与志愿者团队及时召开会议，吴学宝主动承担了大部分款项，采购了树木管理机械，决定到石嘴头村走一趟。这次活动得到了参与的志愿者积极支持。有钱的出钱，有力的出力。

在落实防控措施的前提下，5月16日早7点，他们由桥西区大经街出发，石家庄市文明办、石家庄市团市委、石家庄市志愿服务基金会得知情况后也派工作人员参加到此次活动中。

赞皇县石嘴头村位于赞皇县西南部，地处深山区，地少人多，土地贫瘠，村民每年打的粮食都不够吃。为了使石嘴头村长远脱贫致富发展农业稳收、增收，吴学宝发动志愿者团队里的企业总经理与石嘴头村签订了蟠桃树地里兼种药材艾草的合同，企业负责种植技术指导，农民来管理维护，还签订了购销合同。

龙元扶正堂的5位中医专家现场为当地村民和一些孤寡老人、留守老人以及因病返贫的农民免费调理骨关节疾病、腰腿疼痛、风湿类风湿等慢性疾病。村里人还可以随时到龙元扶正堂免费就医。村民听说吴学宝组织了这次活动，都夸他是村民的福音使者。

在劳动现场，大家干劲十足，热情高涨，拿着铁锹围土、浇水、施肥、锄草，大家齐心合力，干得热火朝天，志愿者们真正做到了劲往一处使，汗往一处流。大家眼看着这荒山野岭重新披上了绿装，涵养了山上水源也净化了空气，保护了自然生态环境，心想着农民的生活逐步提高，喜悦的心情，无法用言语来表达。

2020年6月18日，吴学宝当选为石家庄市慈善总会第三届副会长，发起了"幸福冬天·爱暖全城"公益活动。活动于11月28日在北国超市益元店正式启动。自11月28日起至12月6日，北人集团通过慈善总会向裕华区、长安区、桥西区、新华区及高新区的7171户低保家庭捐赠100万斤爱心大白菜，并在北国超市30多家门店进行社会化发放。12月2日，石家庄市慈善总会正式启动的"四季大救助·冬温善行"慈善帮扶系列活动在平山启动。北京华夏中医药发展基金会通过慈善总会捐赠资金3.675万元，定向资助石家庄市10名贫困学生及50名残疾、"三无"人员。

虽然近年吴学宝的腿髌骨坏死，行动不便，但有慈善活动，他都坐上电动轮椅到场，为慈善事业奔走呼号，摇旗呐喊。可以说在石家庄市哪里有慈善活动，哪里就有吴学宝的身影。

2021年2月25日，全国脱贫攻坚表彰大会在北京召开，习近平总书记发表重要讲话。在现行标准下全国9899万农村贫困人口全部脱贫，832个贫困县全部摘帽，12.8万个贫困村全部出列，区域性整体贫困得到解决，完成了消除绝对贫困的艰巨任务，创造了又一个彪炳史册的人间奇迹！这是中国人民的伟大光荣，是中国共产党的伟大光荣，是中华民族的伟大光荣！脱贫地区处处呈现山乡巨变、山河锦绣的时代画卷！

吴学宝听到全国实现了脱贫致富的消息，感慨万千地说："广大脱贫群众露出了真诚笑脸，这是对脱贫攻坚的最大肯定，是对广大党员、干部倾情付出的最高褒奖，也是对革命先辈和英烈的最好告慰。我虽然没有做出多大贡献，但觉得参与其中，感到欣慰！感到骄傲！"

第八章　家国情怀

爱国，是人世间最深层、最持久的情感，是一个人立德之源、立功之本。

家庭的前途命运同国家和民族的前途命运紧密相连。千家万户都好，国家才能好，民族才能好。同理，国家好，民族好，家庭才能好。

"利于国者爱之，害于国者恶之。"爱国，不能停留在口号上，而是要把自己的理想同祖国的前途、把自己的人生同民族的命运紧密联系在一起，紧跟党走，扎根人民，奉献国家。

爱国，对于我们每一个公民来说是一种生于斯长于斯的深刻情感，它自然在召唤，它神圣去皈依。它有时如小雨渐渐，有时如长河浩荡，它所滋育的是每一个中华儿女的心田，永恒而卓远。

爱国，从来也不是一个抽象的概念，它是我们和这块土地的生命关乎；爱国从来不是一个模糊的词语，它需要将个人理想和奋斗融入祖国的进程，最终彼此成全。

愿望

小学时期，吴学宝在学校从课本中和听老师讲课时，了解到了很多共产党英雄人物的故事，也许是年龄小的原因，吴学宝印象最深刻的是小英雄雨来。雨来年纪虽然不大，但非常热爱共产党，积极为八路军抗日做事。小英雄雨来救过八路军交通员李大叔，自己被敌人抓住后机智跳到河里才得以逃生。他还把敌人引进八路军的地雷区把日本鬼子炸得死的死伤的伤，200多鬼子，逃走了30多个，其他让八路军给俘虏了。有段时间日本鬼子住进了雨来家芦花村，雨来家里也住了鬼子。一天深夜一个受伤的八路军战士，悄悄地住进他家养伤，瞒着小鬼子，他与妈妈精心照料，八路军战士的伤口渐渐好些了。因为有鬼子住在村里，怕夜长梦多出什么意外，雨来与妈妈就想法把八路军送出去。为了把八路军战士送出村，雨来想了个主意，让八路军战士披上爸爸的羊皮大衣混进地主家的羊群安全出了村。雨来还冒着生命危险给八路军送过鸡毛信。后来吴学宝还从课本里学到了抗日英雄赵一曼、壮烈牺牲的杨靖宇、狼牙山五壮士等共产党英雄人物的故事。这些故事使吴学宝懂得了自己的生活都是革命英雄用鲜血换来的，党员的形象深深在他心中扎了根。再后来，他加入了少先队，胸前的红领巾更多了一份对共产党的崇敬。

吴学宝在剧团时，是学《毛泽东选集》的积极分子，那时他不仅熟读而且能背诵《为人民服务》《纪念白求恩》《愚公移山》等名篇，还通读过《毛泽东选集》四卷，做了厚厚一本笔记。在学习《毛泽东选集》的过程中，他看到了中国共产党领袖的伟大，看到了中国共产党的伟大、光荣。吴学宝一颗年轻的心向党渐渐靠拢。特别是1976年7月28日唐山发生大地震后，党中央领导全国人民抗震救灾，其间共产党员表现出的大无畏奉献精神，更让他坚定了入党决心。

吴学宝入党初衷和动力来自他看到的关于唐山开滦煤矿的一则新闻报道。

唐山地震时，原开滦吕家坨矿党委委员、革委会副主任贾邦友在矿井里带班，地震后他和1000多名干部工人都被困在井下。

情况异常复杂，他们只有从风井回到地面这一条路可走。几十里的黑暗巷道、路滑、坡陡……危难关头，他召开了"火线"紧急会议，成立井下临时党支部和指挥部。他要求党员、干部一定要经受住考验，带领大家走出险境。

行动开始，大家互相搀扶着前进，不让一个人掉队。在800米上山的下坡头，开始攀登。有人摔倒，马上有人扶起；有人体力不支，就有人前面拽后面推。

最后的决战关头，每个人必须爬上直上直下、长达90多米的梯子，才能脱险。而此时，头上的淋水似瓢泼大雨，脚下的梯子不停打晃。攀登梯子异常艰难。

不仅如此，如果上的人多、拥挤，梯子倒塌，返回地面的路就断了；如果延误时间，地震再次发生，井口变形，同样会断绝生路。

大家必须争取以最快速度有序撤离。贾邦友要求，共产党员、机关干部必须维持好秩序，最后才能撤离。

撤离人员中，不仅有新工人，还有支援井下生产的几十位女同志，经验少，体力差。有的女同志连累带吓，腿软登不上去，大家就在前边拉、后边推。大家相携相帮，井然有序。一个、两个、三个……就这样，大家顺利撤离。直到所有人撤完，贾邦友才登上梯子向上爬去。

已经上到地面的人们谁也不离开井口，一定要等老贾上来才走。上午8点半，贾邦友最后一个返回地面，他们胜利了！

在这次撤离中，共产党员始终站在最前列，把生的希望让给别人，把死的危险留给自己。他们无私无畏，勇往直前，不惧艰险，甘心奉献，谱写了一曲曲动人的悲歌壮曲。他们真正是唐山抗震精神最典型、最集中的代表。

吴学宝说，回望那个时刻，我们深切感受到，共产党人的高大形象，充分彰显出唐山人的光荣传统和淳朴情操。

当时从广播电台里听到这则新闻后，年轻的吴学宝心潮澎湃，热血沸腾。就在那一刻，他决定加入党组织，将来更好地为党和人民工作。

六十一、

入党申请书

"没有共产党，就没有新中国；没有共产党，就没有新中国。共产党辛劳为民族，共产党他一心救中国，他指给了人民解放道路，他领导中国走向光明……"在剧团里，吴学宝最喜欢唱这首歌曲，这首歌使吴学宝认识到了中国共产党的伟大和光荣，体会到了没有共产党就没有新中国的意义，激发了吴学宝对中国共产党的崇敬和向往之情。他从文化课堂上又学到了刘胡兰、董存瑞、黄继光、邱少云、张思德、焦裕禄等人物的故事，使他领悟了共产党员和一般人不一样，他们为了革命事业，能坚持积极向上、努力奋斗、甘于奉献、坚贞不屈、不怕牺牲、永不叛党的人格和品质。在对党的认识提高后，他怀着对党组织的崇高敬意，1976年8月吴学宝向党组织递交了入党申请书。他回忆说，入党申请书是自己手写的。

敬爱的党组织：

我志愿加入中国共产党，愿意为共产主义奋斗终身。

我十一岁就选调到了剧团，在剧团里一边学习文化，一边学习戏剧专业知识。是剧团的老师们培养了我，是党培养了我，使我从一名不懂事的孩子成了一位有知识、有文化的青年。特别是近两年，我业余通过学习《毛泽东选集》，学习党的知识，更深刻认识到，中国共产党是中国工人阶级的先锋队，是全国各族人民利益的忠实代表，是伟大社会主义事业的领导核心。通过学习，我感到自己的思想觉悟提高了很多。虽然今年我才十八岁，但我要加入党组织，将来才能更好地为党和人民工作。

中国共产党领导全国各族人民，在毛泽东思想指引下，经过长期的反对帝国主义、封建主义、官僚资本主义的革命斗争，取得了新民主主义革命的胜利，建立了人民民主专政的中华人民共和国。毛泽东思想是马克思列宁主义在我国的运用和发展，是被实践证明了的关于中国革命和建设的正确的理论原则和经验总结，是中国共产党集体智慧的结晶。

党的辉煌历史是中国共产党为民族解放和人民幸福，前赴后继，英勇奋斗的历史；是马克思主义普遍原理同中国革命和建设的具体实践相结合的历史；是坚持真理，修正错误，战胜一切困难，不断发展壮大的历史。中国共产党无愧是伟大、光荣、正确的党，是中国革命和建设事业的坚强领导核心。我面对着党的光辉历程，面对中国共产党的伟大目标，深切地希望能成为这支最优秀的组织中的一员，决心用自己的实际行动接受党组织对我的考验。

今后，我要以党员的标准严格要求自己，向党员同志们学习，更加刻苦地学习戏剧知识，练好功，成为剧团的武生台柱。同时要强化自己的文化学习，因为我认识到只有具备丰富的文化知识，才能将中国戏剧发扬光大。

我认为入党不仅仅是一种荣耀，更主要的是提高自己的人生标准。我将以入党为人生的新起点，为党和人民的事业努力奋斗。

此致

敬礼！

吴学宝

一九七六年四月八日

满怀热情的吴学宝写好了这样一份入党申请书，一天上午，他忐忑不安地送到了剧团党支部书记江力办公室。江书记接过入党申请书看了看，很高兴地鼓励吴学宝说："年轻人追求进步，树立远大革命理想很好。回头，党支部尽快召开会议研究啊！"

说完，吴学宝正要开门走出办公室，江书记又问他："你是共青团员吗？"

吴学宝如实回答道："我不是。"

"哦，你先回去吧，我问问怎么回事。"

事后，江力书记亲自找到剧团团委书记余俊仙一打听，吴学宝的确不是团员。吴学宝曾经给团支部写过入团申请书，然而由于家里父母离婚的事在剧团传得沸沸扬扬，这本不该影响他入团，但因为当时人们的观念认为一个家庭里父母离婚总是个不好的事，在研究吴学宝入团的事时，有人说出生在这样家庭的人入团后肯定会影响其他团员们的情绪和生活，影响团组织的纯洁性。在那个年代，人们认识事物非黑即白，父母离婚就这样殃及了下一代。吴学宝入党的事也最终被搁浅。

六十二、

送礼

吴学宝向党支部递交了入党申请书后，他天天盼着党支部有人找他谈话，但是时间过去两个多月了，一点动静没有。他苦闷起来。

有个师兄见他闷闷不乐，问他怎么回事，他说了入党的事。这位师兄说这个年月入党是个难事，不行给党支部书记送礼。两人商量后，吴学宝同意了师兄的建议。

20 世纪 70 年代，物资匮乏，买什么都得凭票供应，白酒也不例外，但相比较其他生活必需品而言，还是好买一些。好不容易吴学宝弄了能买两斤当地白酒的供应票，买了两瓶酒准备送给党支部书记江力。吴学宝想直接给送到书记办公室，又怕影响不好。他好不容易从别的老师那里打听到书记的家。

那天晚上，吴学宝拎着两瓶白酒来到了书记江力所住的小区，远远地张望着，数清了楼层，看到江力书记家还亮着灯，家里有人在。他脑子里幻想着见到江力书记的不同情形。是江力书记在家？还是没有在家？江力书记是笑脸相迎？还是训斥一番？吴学宝心中经过多种假设，越想他觉得越是不对劲。因为吴学宝当时想起了自己写的入党申请书，他想党员要永远怀着远大的共产主义理想，坚信马克思主义不动摇，全心全意为人民服务。一个共产党员应该是一滴清水，清澈透明，能从自己身上反映出党的伟大和光荣，就像一滴水能反映太阳的光辉一样。如果自己送礼是为了入党，这对自己是不负责任的表现，更是对党组织的玷污。

想到这些，吴学宝就拎着两瓶酒转身回到了剧团宿舍。最终他没有走向江力书记的家。

现在说起送礼的那些事儿，吴学宝感慨良多，他说，那天晚上自己没有将礼物送出去，是坚守了一个共产党员的底线。虽然那时自己还不是共产党员，但共产党员的标准在心里是光明正大的。送礼的过程提纯了自己，是自己坚持党性原则的一次自我教育，使自己更懂得了入党的意义，也更加坚定了自己的入党信念和追求。

心中不熄的火种

1985 年调出剧团后，吴学宝在塑料编织厂工作时表现极为突出。厂里为照顾他，安排他在机修车间当了钳工。虽然他腿脚不利索，但爱动脑筋，他白天工作，晚上积极参加厂办夜校学习，自学了制图等专业课程。在学习的过程中，他怀着不耻下问的学习态度，对比他年岁小，但技术过硬的小师傅他也是敬佩有加，向人家虚心请教。

那个年代，吴学宝心里清楚，中国共产党不是一般的工人群众组织，而是中国工人阶级的先锋队。党是由工人阶级中的先进分子所组成的，党的阶级基础是工人阶级，这并不是说作为工人阶级先进部队的党和整个工人阶级可以画等号。所以他要在工作、学习、生活各个方面表现得比一般工人都要突出。

进厂一年多，吴学宝成了塑料编织厂的技术"大拿"。他带着工友进行技术改造，有两项技术改造被市里评选为"技术创新奖"，个人获得了"先进生产标兵"称号。谈及学技术，吴学宝的想法很朴素，因为那时工厂生产的所有产品都是国家的，工厂利润也是国家的。所以吴学宝心里想，搞好技术创新，多生产产品，就是在为国家做贡献。他认为这种想法和做法，就是一个共产党员的基本要求，也是党员的价值体现。

就在这种背景下，他又拿起笔给厂里党委写了入党申请书，表达了自己强烈的入党愿望。然而，随着改革开放，市场经济的兴起，吴学宝的努力没有改变厂里的命运。小厂没经得住市场经济的浪潮，两年多之后，小厂终于在市场经济的风浪中破产了。

吴学宝入党的事，也随着厂里工人的下岗而再次搁浅。

之后的日子，吴学宝成了个体户，他像失散的孩子找不着母亲一样，流浪在党组织的门外。他说每每经过挂着党组织名称，看到党旗的地方，他都热血沸腾，心中像有一把火在燃烧。

六十四、

至死不渝的追求

做慈善十多年，为什么能坚持这么久？在多次采访过程中，笔者深切地感到，家国情怀是吴学宝心中最浓郁的情结，爱党爱国是吴学宝做慈善的精神动力。

殡仪服务行业属于第三产业，不同的是，所有的服务行业都为"生者"服务，唯独殡仪行业的服务对象是为"死者"。特定的服务环境，要求服务人员必须克制自己的情感，节制自己的言行，提供优质的服务，使生者满意，逝者安息。该行业谁也不喜欢，但谁也离不了，因此，殡仪行业又是重要的社会服务行业。

随着老龄人口的增加以及人口老龄化的加快，大批殡仪服务个体户应运而生。2014 年前，石家庄市殡仪个体市场各自为政，独立性和逐利性比较明显，服务质量和服务水平参差不齐。这些现象，吴学宝是看在眼里，急在心上。为了改变这种现状，切实提高石家庄市殡仪服务行业的服务质量和服务水平，打造一流殡仪服务平台，传承文明殡葬文化，他通过多次咨询，发起并筹备成立了全国首家——石家庄市工商联殡仪服务行业商会，并于 2014 年 5 月 28 日挂牌，吴学宝当选为会长。

为了规范商会内部管理，建立健全行业发展秩序，商会确定了"团结、奉献、创新、发展"理念，根本宗旨是"凝聚人心、整合资源、民主办会，共同发展"。

在确定理念和宗旨的基础上，商会又先后制定了议事制度、会议制度、督察监管制度、礼仪队制度、慰问制度、救援制度和会长轮值制度等各项规章制度。在管理方面，商会内部做到了"七统一"：统一行为规则、统一车标、统一店内挂牌、统一门牌标识、统一着装、统一徽章、统一规范服务用语。通过商会微信公众号平台，定期编辑发布会刊，及时发布相关信息，表扬好人好事，纠正不良行为，促进了商会工作的高效率和提升了商会管理的透明度。吴学宝还定期组织互相交流学习活动，搭建信息沟通平台，促进相互学习，增进了会员之间的感情，增强了商会的凝聚力。使原来的个体化变得标准化，在服务上职业化、在经营上市场化、在行为上企业化。

吴学宝 2023 年已 65 岁，一生经历的事不少。他说，人生过去了大半辈子，感受最深的是没有共产党就没有新中国。他 18 岁开始申请加入中国共产党，但时间的流逝和年龄的增长，加入党组织的愿望却一直未能如愿，他相信党热爱党的初心不变，一心向往加入中国共产党，这成了他一生的追求目标。在生活中他善终如始，任劳任怨，尽职尽责，积极靠拢党组织。经过 46 年的不懈努力，2013 年，他向居住地办事处居委会再次递交了入党申请书，居委会报街道办党工委，将他列为入党积极分子培养。区委组织部组织科长找他谈话时，问他，你这么大年纪了为什么要入党？他说，因为自己一大把年纪了，这么多年，我看清了中国共产党带领全国人民取得的辉煌成就，认识到只有共产党才能救中国，共产党是中国人民的主心骨，只有共产党才能领导人民实现中华民族复兴，我是历史的见证者，亲身经历过了，所以心里才对党有坚定的信心。

2015 年 12 月 17 日，57 岁的吴学宝光荣地加入了中国共产党。入党宣誓时，吴学宝端端正正地站在墙上的党旗下，举起了右手，庄严向党宣誓：

"我志愿加入中国共产党，拥护党的纲领，遵守党的章程，履行党员义务，执行党的决定，严守党的纪律，保守党的秘密，对党忠诚，积极工作，为共产主义奋斗终身，随时准备为党和人民牺牲一切，永不叛党。"

吴学宝宣誓时，声音洪亮，特别投入。宣誓完毕，社区书记一一向他们几位新党员握手表示祝贺。吴学宝抓住书记的手说："感谢书记，感谢党组织批准我加入中国共产党，我一定严格按照党员标准要求自己，投身伟大的共产主义事业。"说完吴学宝高兴地流下了激动的泪水。那泪水是梦想实现之后倾情释放，那泪水是对党组织的忠诚表达。

党的十八大以来，以习近平同志为核心的党中央从严治党，并高度重视非公党组织建设工作，提出了"两个覆盖"的总体要求。商会有15名党员，于是吴学宝提出商会要成立党支部，并向石家庄市长安区建安街道党工委打报告提出了申请。街道党工委按照要求及时研究批准了商会要求成立党支部的申请报告。商会发展得到了党组织有力支持，恰如给商会安装了"红色引擎"。当时党支部没有党员活动阵地，吴学宝将自己家两室一厅房子腾出来，购买了办公桌、会议桌椅，建成了商会党员活动室，无偿提供给商会党支部使用，老两口住进了殡葬服务店里。那时，吴学宝还是预备党员。

商会党支部成立之初，转业军人杨振东当选了第一任书记，后来政府给杨振东安排了工作调走后，党员们推荐选举了吴学宝当了支部书记。吴学宝书记会长一肩挑。吴学宝当书记后，进一步加强了"三会一课"制度的落实，多次组织党员到革命圣地参加"重温入党誓词"活动，强化了党员的政治意识，保持了党员的政治本色。

作为党支部书记的吴学宝，不仅自己率先垂范，更要求党员诚信、廉洁、阳光服务，严禁以任何形式收受客户财物，坚决杜绝"吃、拿、卡、要"现象，并接受社会监督。工作时要求佩证上岗、统一着装，用文明的语言、庄重的仪表，热心接待，提供优质服务，满足多元化殡葬需求。党员带头，让商会其他工作人员由表及里、从精神面貌到服务水平都有了质的飞跃。

六十五、
向英雄致敬

在青少年时代，吴学宝看过许多关于英雄的书籍和电影。他从书本中知道了刘胡兰、董存瑞、黄继光、邱少云等英雄人物，对英雄们崇敬有加，他不仅对英雄的故事烂熟于心，而且在工作和生活中总是以他们为榜样。小时候关于英雄的电影他也是反复看，像《南征北战》《上甘岭》《小英雄雨来》的故事他都记得，英雄的形象更是铭刻在他心中，到老了他都有英雄情结。

吴学宝说如今岁月静好，人民都过上了幸福生活，但我们不应该忘记英雄。

2017 年，他去山东参观了冉庄地道战遗址，他为当时人们抗日的英雄壮举感动不已。于是他向当地人打听，冉庄现在还有没有活着的抗日老兵，结果一打听还有，他便在当地买了米面油等生活用品前去老兵家中。冉庄老兵王文英和刘大雨听说有陌生游客拜访，非常感动，像拉家常一样给他讲了当年打鬼子的故事。

吴学宝听后说："我们的好日子，就是你们给的，现在你们老了，不能动了，我们要像赡养自己家里亲人一样孝敬你们。我就是你们的儿子。"说完他还觉得送的生活用品不够，又给老兵们一人一千元钱。

从此，他资助英雄和老党员一直不断。他说："虽然送去了都是些生活用品和少许的现金，但表达的是一种崇敬。"

到现在，他每年都要去平山县西柏坡、南文都村、冉庄、晋州等地慰问心中的老党员、老英雄。目前他经常去看望的英雄有 23 人，这几年共捐款捐物十多万元。

历史的背影划过一个时代的辉煌，时间的巨轮变更消沉多少往事。那些英雄豪杰们，有的彪炳青史，流芳百世；有的早已被世人淡忘，如同凋零的残花，无声无息地退出了历史的舞台。无论他们曾经做了什么，但他们在自己人生这个亘古的旅途中，让生命的价值挥洒得淋漓尽致，那来自心灵深处的感叹，回荡在历史的长廊里，久久不绝。是的，那些英雄们曾用自己的身躯，换得国家民族的兴盛。

从吴学宝的故事中，我们体悟到，时过境迁，英雄却永远不会沦落，精神的火花点燃心中最真挚的情感，燃烧成灵魂的圣火，迎来黑暗后的晨曦，它的力量，足以撼动所有人的心，将幸福与光明扎根在心灵深处，聆听着来自历史的古老与沧桑。英雄是一种境界，将人类最真实的情感显露，与这个世界融为一体，共同迎接另一个美丽的明天。

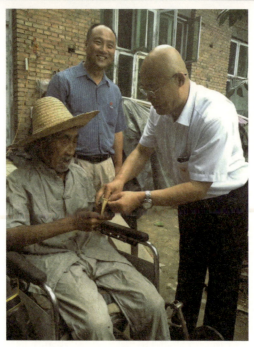

图 8-1　吴学宝向冉庄地道战革命老区老党员捐款

铭记党的恩情

2020 年 7 月 1 日是个特别的日子，是中国共产党建党 99 周年的纪念日。

前一天，吴学宝已联系了平山县的两位抗日老兵，说好第二天前去慰问。吴学宝采购了米、面、油和鸡蛋等生活用品，还联系了石家庄志愿者团队部分成员。

早上 8 点，吴学宝和志愿者们从石家庄出发，经过一个多小时车程来到平山县抗战老党员田文秀家。

老人听说吴学宝他们今天要来慰问她，早早起来把端午节包的粽子热好了招待大家。吴学宝一行人坐在田妈妈周围，嘘寒问暖，有的帮助做些家务事，忙活一阵子。

这位田妈妈是位老革命，在抗日战争和解放战争时期，她担任过十年妇救会主任。田妈妈向大家讲述了炮火连天的战争岁月经历，依稀如昨。

有一天，天刚蒙蒙亮，几声炮响，村子里就燃起了火光。接着就听到"啪啪啪、哒哒哒……"的枪声。村里人都知道这是鬼子扫荡来了，家家户户男女老少都慌乱地起床应对，动作快的抄近路跑出了村，有的没来得及跑，被鬼子和伪军包围了。枪声停下后，日伪军像野蜂一样冲进村里，顿时，村里乱哄哄一团。日伪军三五成群冲到各家各户，四处搜查八路军和武工队。

没来得及跑的青壮年人被赶到了村子中央的一块空地上，个个神色紧张，多数人只着一件空心棉衣，在寒风中冻得打颤。连吓带冻，有的人牙齿打颤，紧缩着身子，手伸进两只袖筒里，脚不停在地上跺着。留在各家各户的鬼子和伪军，有的搜查八路军和武工队，翻箱倒柜找值钱的东西，有的调戏年轻女子，有的威逼老人孩子说出八路军藏在哪里……

天大亮以后，鬼子们把村里人都赶到了村中的空地。一个身挂军刀的鬼子站到了一处磨盘上，挥着寒光闪闪的军刀，呜里哇啦说了一阵。一个戴眼镜的翻译狐假虎威地说："龟田大佐说了，你们这里长期有八路军活动，谁要敢跟八路军串通一气，全部都死了死了的。谁能告诉八路军藏在哪里，皇军大大的有赏。"

场上一片死寂，谁也没有出声。田大妈说，其实他们知道八路军就藏在山里的，就是不说。最终鬼子没有找到八路军，气急败坏地点了两家人的牛棚，说以示警告，最后挑着抢来的粮食和猪羊走了。

田大妈说，在抗战期间，日本鬼子在太行山地区扫荡频繁，日本鬼子进山了，烧房子、抢粮食、祸害老百姓。我们几个共产党员战地总动员，组织群众成立青年抗日决死队、人民武装自卫队，同鬼子进行不屈不挠的斗争。那时，晚上她和妈妈、婆婆在豆大的煤油灯下给八路军做棉被、做军鞋，用驴子一站一站地运送到县政府洪子店八路军手里，为抗战做点力所能及的事情。她说，洪子店是平山县唯一的一个大镇，温塘、岗南是敌战区。有时候八路军有几千人行军，从我们村边路过到太原参加战役，我们没有什么好东西招待，乡亲们手里拿着暖壶和碗、端的米汤和南瓜红薯在路上招待八路军，八路军跟乡亲们一个劲招手，有的流下了激动的眼泪，他们可都是十七八岁的孩子们呀，所以今天的幸福生活来之不易，是千千万万的革命烈士用生命和鲜血换来的。

说到这里，大家纷纷称赞田大妈们勇敢，表示要向他们学习，珍惜现在的生活，紧跟党中央，把祖国建设得更加强盛，免得再遭受外国欺负。

看望了田大妈，吴学宝又带着志愿者们来到老人温锦和住的房间，石家庄一家人志愿者团队医疗骨干成员王龙，带领河北省龙元扶正堂健康管理服务公司的中医专家，为老人进行针灸医疗。

老人今年98岁耳朵有点背，他说，当年日军在山区见什么拿什么，每到一个地方就放火烧房子，我们组织乡亲们把带不走的衣物粮食装在罐子里，深埋地下，然后用砖头和泥土盖上加以伪装看不出破绽。在那样危急的情况下，乡亲们什么都不怕，这充分说明了对党对部队的无比信赖和对胜利充满信心。1938年党组织把我调动到平山县小觉区公所工作，后又担任邮电局局长，自从平山失守之后，政府和平山县的群众团体都设在洪子店，白天在区公所工作，晚上下农村动员青年参军参战，保家卫国。当时卫生部后方医院建在"卸甲河村"，我三叔温廷元和八路军一起保护被服厂被日军杀害，现在埋葬在平山县烈士陵园。在抗战时间默默无闻为祖国贡献出了自己的青春，不拿国家一分钱的薪水，还每月从家里拿伙食费，到年底区公所给工作人员每人发一匹白布，这就是一年的薪水。

给温老针灸完毕，把老人扶起来，温锦和继续说，他所在的平山县宋家口村一个英雄辈出的地方，曾出现过很多为革命做出贡献的人物，他都记得：刘明哲、刘春栓、温廷元、康士才、刘连贵、武二有等。听着老人讲过去的经历，志愿者们深受感动。大家表示岁月峥嵘，不忘初心，一定要坚定地在公益道路上走下去，为人民服务。

随后，志愿者们又来到共产党员田贵锁家，给老人送来了米面油，再次聆听了老共产党员的感人事迹。

吴学宝说："这些老党员是党的好儿女，他们是革命的种子，他们的革命精神都需要传承，在党的生日之际去看望他们，我们更能体会到党的恩情，也是热爱党最好的一种表达形式。能够唤起我们铭记历史珍爱和平的意识，为全面建成小康社会而不懈努力。"

六十七、

血染的风采

吴学宝从小就爱看战争题材的电影，他深知我们今天的幸福生活都是先烈们用鲜血换来的。所以他的慈善行为中同样关注革命军人这个人群。

这些年来，每逢建军节他都要到革命老区去看望慰问老兵，进行结对帮扶。

2020 年 8 月 1 日，中国人民解放军建军 93 周年之际，他组织志愿者团队和龙元扶正堂 5 名中医专家，到赞皇县院头镇南峪村、石门村、王小峪村慰问老兵。

早上 7 点，他们在桥西区大经街集合，给老兵带着米、面、油、方便面、八宝粥等物品，新疆维吾尔族小伙艾外尔尔肯带着新疆囊一起来到老兵家进行慰问，与老兵们共度八一建军节。

经过 2 个半小时的车程，上午 10 点吴学宝和志愿者们来到了赞皇县南峪村，97 岁的老兵郭二歹老人家。看到这么多志愿者来看望自己，郭二歹老人非常激动，他情不自禁地给大家讲起了自己的故事。他说自己参加了太原战役，打太原时跟秦基伟部队在山上土窑里住着，还参加了临汾战役、平山战役、元氏战役、山西祁县战役。

老人说，一打起仗来什么都不怕了，在战场上所有的战士都英勇顽强，不怕牺牲，有时困了就在荒山野岭卧着睡打一个盹，流血牺牲是常有的事。他说亲眼看见自己的战友在敌人枪林弹雨中一个个倒下，能活着走出战场真是不幸中的万幸。

志愿者们又来到岳宜贤休息的地方，岳老今年87岁，18岁参军作为第一批雷达兵参加了抗美援朝战争，在部队先后任雷达操纵员班长、排长、技术副连长、副营长及雷达第37团作战训练股长，在"三八线"以北新溪站执行对空情报作战任务等。看到志愿者们来慰问自己，岳宜贤还向志愿者们赠送了多幅书法作品，鼓励大家不忘初心，牢记历史，为建设社会主义祖国而奋斗。

当天志愿者们还慰问了905部队工程兵焦更华，8341部队中央警卫团马金平等老战士。在慰问的过程中，所有人都在精神上有收获，都认识到今天的幸福生活是千千万万的革命先烈用鲜血和生命换来的，老兵精神需要传承，大家表示一定铭记历史，珍爱和平。

吴学宝从不表白自己，总是说志愿者们的好，他非常感慨地说："其实志愿者这些人都是一些普通市民，他们在芸芸众生之中平凡至极，但是这样一个公益活动，他们出力了，作为组织者我很感动，感谢他们的付出，记住他们这是一个组织者应该有的表现，表达我对他们的尊重和尊敬。"

图8-2　吴学宝带领志愿者慰问赞皇县革命老区老战士，并听老战士讲战争故事

国旗红

一玉口中国，一瓦顶成家。

都说国很大，其实一个家。

一心装满国，一手撑起家。

家是最小国，国是千万家。

在世界的国，在天地的家。

有了强的国，才有富的家。

……

吴学宝经常轻哼《国家》这首歌，便好奇地问他，为什么喜欢唱这首歌。吴学宝说："国家就像母亲一样，出生在这里，没有理由不爱它。唱这首歌时，我想到自己能过上现在这样好的生活，因为有这样好的国家。真的像歌中唱的那样，有了强的国，才有富的家嘛。"

国就是放大的家，家就是缩小的国。家国不可分离。

笔者从网络上搜到了一篇吴学宝挂国旗的新闻。吴学宝从 2012 年国庆期间，就开始在街道上悬挂国旗，每年国庆前，他统一将国旗悬挂在约 1000 米长的健康路街道两侧，坚持了 8 年。

吴学宝坚持国庆节里挂国旗，与他去北京天安门广场看升国旗有关。

那是世纪之交的 2000 年，他专程到北京看升旗仪式。那天是个普通的秋日，才 4 点钟的时候他就走上天安门广场，晨风凉飕飕地拂人面颊。原以为广场上人不会太多，未料他赶到时，早来的，竟已有千人之众，这又令他吃惊。

国旗班的战士过来了，一如电视上那潇洒的英姿，只是这是真人实景，视野开阔，远胜电视的朦胧。这时，人群起了躁动，站在后面的人焦急得直跳，有孩子骑到了大人的肩上。

国旗班的战士英武、矫健，这三十几位战士组成的方阵威风凛凛，让每一位看升旗的观众都赞叹不已。红旗在擎旗人手中划过一道优美的曲线，然后便徐徐上升，在国歌声里，红旗越升越高了。

刚才还喧闹不止的人群宁静了，面对升旗，有谁不为之感动。人群里，几位鬓发苍苍的老者神情肃穆，他们凹陷的眼眶里泪光闪闪，怕是又想起创业的艰辛。

吴学宝说，他心中对祖国的热爱也在随着国旗而升高。国歌令他激动起来，久已沉寂的心里起了波涛，仰望直上蓝天的红旗，让人觉得自豪，更让人感到一种责任。作为一名普通的公民，相对伟大的国家固然渺小，但为生活在这样一个国度而骄傲。

那天，国旗班的战士远去了，消失在金水桥那边的红墙里，人群却久久不散，像是还沉浸在国歌的旋律里。吴学宝说升旗仪式虽然只是短短的几分钟，可自己走过长长的心路。

从此，每年国庆节吴学宝都以挂国旗的方式庆祝，表达对祖国的热爱。

2019年他又出资买了二百面国旗，在国庆节前夕挂起。

那天是2019年9月25日上午，位于建设大街与长征街之间的健康路路段，街道两侧悬挂起了国旗。鲜艳的国旗迎风招展，让街道上过往的市民拍手称赞。

当天，悬挂国旗的工作已经开始。大家有的帮忙扶着梯子，有的帮忙传递国旗，在路两侧每棵树上，工作人员统一高度，用胶带固定住一面国旗，悬垂在街道上方。与此同时，街道上方还拉起了"热爱祖国"等条幅。

现场壮观的景象吸引了很多路人驻足观看。市民张荣发先生说："挂国旗迎国庆的活动很有意义。看到祖国越来越昌盛，打心眼里感到高兴。"不少路人还拿出手机进行拍照。路人小吴还将拍下的照片，上传到了自己的朋友圈。"国旗悬挂起来了，感觉街道好亮丽。"她在朋友圈中写道。

"我是国家改革开放政策的受益者，现在经济条件好了，希望在国庆节期间，用悬挂国旗的方式，表达对国家的热爱，祝愿祖国更加繁荣富强。"吴学宝说。

图 8-3　吴学宝在国庆期间沿街挂国旗

第九章　爱的影响力

天空感谢白云的点缀，回报以蔚蓝；
花儿感谢雨露的滋润，回报以娇艳；
大树感谢阳光的普照，回报以参天；
小溪感谢大海的接纳，回报以巨浪。

六十九、
只想看看你

为了了解吴学宝资助过的学生及家庭现状，获知善缘结下的善果如何，进一步分析、研判、总结慈善给社会带来的正能量效果，以便让慈善行为在社会上产生更为广泛的认知和影响。2020年8月里，笔者走访了离石家庄较近的几个山区家庭。

李晓辉是吴学宝2012年资助的一个孩子，大学毕业后，已在北京工作了。

吴学宝资助他之后，李晓辉只要回家都要到市里看望吴学宝及家人。记得第一次寒假期间，晓辉找到吴学宝家，来时用一个装过大米的袋子带了些北瓜、小米，还有干豆角。这孩子也许因为自己觉得礼轻，拿不出手，显得局促不安。当时见面后，李小辉说："吴叔叔我也没什么值钱的可以带给你，只是想见见你，看看你身体好不好。"一句话让吴学宝热泪盈眶。他拉着李小辉的手说："孩子我不缺什么，只要你好好学习就行。"从此之后，逢年过节李小辉都要给吴学宝发短信问候或到市里看望他。李小辉说，滴水之恩当涌泉相报，他会一辈子记着吴叔叔的好。李小辉还通过微信，给笔者发了一段文字：

距离我上大学的时间已经8年了，时光如水，总是将无意义的事冲刷得一干二净，将最值得人惦记的铭刻在记忆长河之中，那就是吴叔的大恩大德。

我家是太行山脉脚下的一处普通农家，我们这个家庭却遭受着非同一般苦难，我的父亲母亲都是非常典型的普通农民，主要务农，空闲了打打零工挣钱养家，家里贫寒本已一目了然。但命运好像并不同情弱者，在我几岁时，父亲在下煤矿的时候腿部受伤，干不了重活，而我母亲又在我上六年级的时候，在临近的一个镇子上的建筑工地打工，不幸从三楼摔下，躺在床上好多年，那以后家里就更加困难，但好歹还支撑到了我上高中。2011年，我高考落榜，可我可怜的父母还是逼着我复读，他们与我一样清楚一个农民的儿子，高考是唯一走出大山、走向幸福的出路。于是我在父母的期待目光中，重新走向了学校。拼尽了全力一搏，我考上了南京的一所211大学。然而一阵欣喜之后，我的家庭又陷入没有学费的无奈之中。入学的学费成了我及家人难以迈过去的一道高高的门槛。

就在一筹莫展的时候，在我想放弃上大学的时候，村里干部带来了一个好消息：有石家庄市的好心人专门对平山我们这些贫寒学子们进行资助，以帮助我们考上大学的寒门学子读得起大学。记得是暑假里难得一个好天气，镇上和村里陪同着一个面相很和善，笑起来很有感染力的一个男人来了我们家，我知道这就是好心人——吴叔吴学宝。来了之后他很干脆地对我说，小李，知道你努力，这笔钱就是来帮助你实现你的梦想的，希望你能在大学里继续努力，将来做一个好儿子，好好报答你的父母，这样就是最大的回报。

钱有价，爱无价。真的十分感谢吴叔叔的无私帮助，让我的求学路能够一帆风顺，而不是一无所成，后来我也带着自己家的特产拜访过吴叔和阿姨几次，他们都热情地对我进行了招待，让我不要破费乱花钱，也会细心地询问我在学校是不是好好学习，有没有积极申请入党，上学的钱是不是够用，如果有问题就说话。

太阳很远，但温暖很近。吴叔从某种程度上讲就是我的引路人，让我在爱的关怀下起飞。

吴学宝说，孩子有这番心意，看后令我好生感动。

人与人相处其实不需要什么花言巧语，只要真诚就可以。一个在别人困难时施以援助，一个接受帮助走出困境，并且在心中种下爱，常怀感念之心，知道回首相看，尽管没有物质的回馈，但只要能看看曾经帮助过自己的人，流露出更多的关心，那么，顾盼之间不能不说也是一种真情回报。

七十、

立人达人

车开到平山县南甸镇杨泽群家时，小杨已在村口等了很久。

他见到曾经资助过自己的吴叔叔，便远远地招手致意。也许是看到吴学宝走路一瘸一拐非常吃力，小杨一个箭步跨过去用手搀扶着吴学宝的右手。一边走一边询问吴学宝的病情，吴学宝告诉他自己髋骨坏死，走路不方便了。小杨关切地问现在治疗没有，是不是见好。

说着话，就到了杨泽群家里。小杨家的房子很旧，但一看家里收拾得窗明几净，知道吴学宝要来，他还特意买了喝茶用的纸杯。他利索地拆开一小袋茶叶，分别给纸杯里放上茶叶，略显激动地倒进了开水。正要给大家分杯时，才看到我们都自带了茶杯。

小杨说："吴叔叔，您到了我家，连我家一口水也不喝吗？"听小杨这样一说，我们纷纷放下自己手中的水杯，接了他递过的茶水。

笔者注意到，纸杯和茶叶都未曾开封，很显然，都是特意为我们准备的。

小杨说："吴叔叔身体不及从前了，记得 2014 年给我送钱来时，您身体非常健朗，没想到现在走路也不方便了。真对不起，我也没去看过您。"说完，杨泽群走到吴学宝跟前，深深地鞠了一躬，说："谢谢吴叔叔了，我一定要成为对社会有用的人。"吴学宝忙起身拉着小杨的手说："不用谢，我资助你上学也正是我想做的事，有你这样懂事的孩子，我感到很高兴，很欣慰。"

2014 年杨泽群考上了沈阳药科大学，2018 年又考上了首都医科大学读研。小杨说，由于父亲常年生病卧床。多亏有吴学宝资助，要不然他走不进大学校园。在大学学习期间，他打了多份工，由于成绩优异，还多次获得了奖学金，就这样完成了大学学业。读研究生时，条件更好些，有时还能省下钱补贴家用。当然，自己苦是苦些，但都挺过来了。他说现在社会好，人生只要努力了，没有过不去的坎。

疫情防控期间，杨泽群一边在家上网课，一边照顾父亲。了解完杨泽群的生活情况后，吴学宝要离开时，小杨从一间屋子里提出一袋丝瓜，送到车上。他说："吴叔叔，谢谢您的资助，是您让我改变了人生，现在我还在读研阶段，我只有学习成绩向你汇报，对社会还没有做出什么，但我会努力的。"他指了指手中的袋子继续说："这是我家种的丝瓜，算不上什么贵重物品，请您不要嫌弃。"

吴学宝说，丝瓜你们留下家里吃，在村里买菜也不方便。在推让之时，吴学宝从身上掏出了几百块钱，要给杨泽群，小杨硬是不要，老吴说话间上了车，并发动了车，便说要走，在大家挥手道别之际，他一下把钱重新扔给了杨泽群。钱掉在地上，车已疾驰而去，离小杨越来越远。

在车上，吴学宝收到一条杨泽群发来的微信：

吴叔叔，你们能来，我很高兴和欢迎，通过交流，能对您的事迹有更多的了解，也增长了我的见识，也希望叔叔您在做好事的同时注意身体。我觉得因为一些原因家里变故没什么丢人的，2014 年，当时记者采访，我母亲和我说，你如果感觉丢人和害羞，她就应对，我说没事，我们又不是干违法的事情，这是变故导致，没什么好丢人的，直接面对就好了。我觉得如果觉得丢人什么的，就是自己不敢面对事实，这才是最丢人的，只有敢于面对事实，才能自己想法解决问题。您是我学习的榜样，不论我将来是贫穷或富裕，我都得像您那样，力所能及地帮助别人。即便我帮助不了别人，也一定做一个对社会有用的人。您不以功名为念，平凡而令人感动，书出版后，我一定买来细读，宣传您助人为乐的精神。

读着杨泽群的微信，看到吴学宝欣然的表情，笔者体悟到，最好的满足就是给别人以满足。

七十一、

传递爱

去赵亮家那天下着雨，我们从石家庄出发向太行山深处进发。从平原走进大山，只见太行山中沟壑幽深，纵横交错，峭壁悬崖，层峦叠嶂。沿途所见尽是大山，土地极少。

按导航提示车子在山中穿行了两个多小时，终于在四面大山包围着的一个村庄停下。虽然下着雨，但赵亮与妈妈樊海瑞在村子里打着伞等着我们的到来。母子俩把我们迎进屋子，桌上摆了一盘水果，烧好开水，一看就知道经过一番精心准备。环视一下屋子，经过这两年扶贫，工作组给了很大帮扶，房子也进行了改造。

赵亮今年已从燕山大学毕业了，学的是计算机专业，大四时，曾在保定实习过，已具有了工作经验，对自己生活充满了信心，计划疫情过去，就去北京找工作。也许因父亲去世，给赵亮的打击太大，他显然还没有从生活的阴影中走出，与人交流时不善言辞，偶尔说一句话，但从见到吴学宝的表情看，他心里充满了感激。

母亲樊海瑞说，多亏吴大哥对我们家的帮助，要不然赵亮就上不了大学了。她说，儿子上大学这几年，得到了亲戚朋友的帮助太多。由于她有病，女儿一直照顾着她，赵亮上大学这几年的学费都由几个舅舅给凑的，赵亮三舅家的条件好些，出钱也最多。

在村里村干部们对她也是格外照顾，给赵亮家翻修了房子，村里干部们要给她办低保，但她觉得自己这几年身体也好些了，有时还能打工挣点钱勉强能管着自己的吃住。所以她坚决不让村干部给自己办低保手续，她把低保名额让给了村里一个卧床不起的人。

樊海瑞的表情是那样的安然满足。她说现在儿子赵亮大学毕业了，家里有吃有住，特别是在自己有病的情况下，政府扶持，亲戚们帮助，日子总算平安地过来了。现在没有外债，自己也没有成为社会的负担。

听着樊海瑞的话，笔者看着窗外雨洗过的大山是那样的明澈俊秀，大山矗立在大地之上，不知多少年，虽经风历雨，但能傲然屹立！这就是中国普通老百姓朴素的生存理念，值得敬佩。

准备走时，樊海瑞嘱咐笔者说，要感谢的人太多，能不能把亲戚和村干部以及扶贫工作组的名字也写进书中。

她说第一个人是吴大哥，他让儿子赵亮跨进了大学的门；第二个人是村里的扶贫干部肖勇，是她引荐才认识了吴大哥，资助了孩子上大学的学费；第三个人是女儿赵钦，一家人都接济着孤儿寡母；第四个人要感谢赵亮大舅、二舅，特别是三舅，这些年他们打工挣钱供外甥完成了大学学业。另外，要感谢村里的干部。

她在本子上写下一行字邢记锁大队书记等干部。

在她的那行字后面，她又加了一个"们"字。改成了：邢记锁大队书记等干部们。

其实，"邢记锁大队书记等干部"与"邢记锁大队书记等干部们"两句话的意思是一样的。只是她觉得这样改一下就能表达感谢全体村干部。

她心中要感谢的人太多。

笔者感受到爱与慈善经吴学宝传递给樊海瑞一家人，樊瑞海又把爱和慈善传递给别人，使爱与慈善形成流量向社会输送着。

走时雨还在下，车开出很远了，从车窗向后一看，赵亮和他母亲还站在路边，远远看着车子的方向。也许，他们是在等待，车从他们的视野里消失，才足以表达他们对吴学宝的尊重。

母子俩送别的形象，就这样永远留在笔者的记忆之中，形成了一幅温暖的风景。

七十二、

精神的火焰

2020 年 8 月 15 日，星期六，早晨 7 点出发，笔者与吴学宝驱车前往行唐县，一个小时车程就到了县城。

在车上拨打肖路姑姑的电话，一直处于无人接听状态。按微信上约定的一家商店找过去，导航提示已到了微信上的商店，下车径直走进商店一打听，商店里的人谁也不认识肖路的姑姑。

见不着人，只好开车去平山县。

大概 10 点了，肖路姑姑发信息说，她平时住在乡下，为了让我们少跑路，一大早匆匆忙忙赶到县城的家中，打扫卫生，要联系我们时，才发现把手机忘记在乡下家里了。得知我们已走了，只好约定下午再去。

原来肖路姑姑县城里的家就在先前那家商店后面的小区。肖路姑姑客气地把吴学宝领到了家中，沏茶倒水，寒暄一阵，才进入主题。

可以说肖路和他姑姑是时运不齐，命途多舛。

肖路姑姑自幼聪慧过人，学习非常优秀，初中毕业就考上了师范学校，毕业后在县城当了老师，上课之余，上进好学，又修了汉语言文学专业本科。在谈婚论嫁的年龄，她收获爱情，步入婚姻殿堂，老公英俊帅气，她端庄大方，可以说是郎才女貌，天生一对，比翼双飞。婚后生育一儿一女，在常人看来家庭美满，幸福无比。然而就在十年前，丈夫突发脑出血，英年早逝，留下了她和两个孩子，生活的水银柱直线下降，一度让她喘不过气来。

屋漏又遭连夜雨，船迟又遇打头风。时间尚未抚平肖路姑姑心头的丧夫之痛，又一打击接踵而至，她的弟弟肖路的爸爸又出事了。

肖路爸爸原本在家务农，结婚之后，夫妻俩生下肖路，夫妻勤劳致富，日子过得红红火火。天有不测风云，就在肖路上初中时，妈妈得了不治之症，花光了家中积蓄，也没能挽救妈妈生命。为了不让肖路失去母爱，在好心人介绍下，爸爸与一个来自云南的姑娘认识，爸爸再婚，好歹让肖路有了一个完整的家。然而好景不长，继母后来与社会上不三不四的人认识后，引发了家庭矛盾。一天，气头上的爸爸找对方理论时，却被对方组织的一群人拳脚相加，在情急之下，肖路爸爸举刀捅人，锒铛入狱。继母在肖路爸爸出事之后，怕担责任，远走高飞，杳无音信。一个完整的家就这样破碎了，家中只留下了肖路与不懂事的弟弟。

世界上没有一个生命可以孤独地延续下去，他们需要陪伴、呵护和关心，需要获得心灵的抚慰。两个尚不懂事、孤苦无依的孩子如何能撑起一个家呢？肖路的二姑勇敢地担起了抚养两个侄子的责任。

肖路爸爸一辈有姐妹兄弟四个，但大姑大伯和小姑家境贫困，根本无力抚养肖路兄弟俩。二姑便将肖路和弟弟接到了自己家中。两侄子加上自己的一儿一女，四个孩子的抚养重担落在了二姑一个人肩上，其生活艰辛可想而知。

生活的磨难使肖路迅速成长为一个勤奋学习，有爱心，有耐心，肯吃苦，有担当的孩子。

2014 年，为了减轻姑姑的经济压力，高考一结束，肖路就说："二姑，我要去打工。"当时二姑听了一怔。他是通过谁找的活儿？因为肖路此前一直住在学校从没出过远门，二姑觉得他不可能有这方面的人际关系。一问才知道是肖路一个发小的姐姐跟中介联系的，说是肖路和其他两个孩子做伴儿一起去，二姑了解情况后一看有伴儿稍微放点心，就同意了。因为当时说好的管吃管住，二姑就只给了肖路 500 元钱来回的路费，告诉他行就干不行就回来。

过了几天，肖路的两个发小回来了，原因说是活儿太累，没法干，但肖路没回来。当时出去时大人们一再叮嘱他们干活一定要在一起，二姑一看另两个孩子都回来了，就侄子没回来，立即觉得不安起来，连忙给肖路打电话，（出去时肖路用着发小家淘汰的一部旧手机——那种震天响的老人机）但跟肖路联系怎么也联系不上。电话打不通，二姑想到毕竟孩子社会经验不足，就更担心了，怕他被传销组织利用。后来再次拨打电话，说手机欠费，二姑便给他的手机号码充费后才联系上，原来给他的 500 元一部分做了中介押金，一部分做了路费，手中就没有多余的钱交话费了，联系上后二姑的心终于踏实下来了。虽说活儿比较辛苦，但为了攒足大学时期的学费和生活费，肖路硬是咬牙坚持着。后来，收到了大学录取通知书，肖路到了开学前几天才回来。

回家来，肖路手里捧着录取通知书，哭了。因为他打工挣的钱根本不够交学费，他知道二姑的工资只够一家五口的生活费。就在这个时候，吴学宝送去了肖路大学学费，解决了燃眉之急。那天当吴学宝把学费交给肖路的时候，肖路感动得泪如雨下，他转身拉着二姑的手一起向吴学宝鞠躬致谢。此情此景，感动了现场所有人。

到了大学，肖路申请了一份勤工助学岗位——管理学生宿舍，一个月才300元，钱虽然不多，但肖路沟通能力和社交能力增强了。大学期间他还学会了配钥匙，还代理过承德避暑山庄门票……穷人的孩子早当家，当别的孩子抱怨活儿苦、活儿累而放弃不干的时候，当别的孩子安逸地享受着父母的呵护逍遥的时候，当别的孩子心安理得伸手向父母要零花钱的时候，当别的孩子抱怨父母没有给自己足够好的生活的时候，肖路却早已奔波在风雨兼程的人生路上。

即使这样在经济并不宽裕的时候，当他听说大伯由于腰椎间盘突出压迫神经导致腿疼，有一种药物有疗效时，他硬是从生活费中挤出一点钱让师姐从北京给大伯捎回几瓶。家人的生日，肖路总会惦记并第一个送上礼物和祝福。知道二姑颈椎不好，生日时送了按摩枕，看见二姑适合穿的衣服，生日时花500多元买后就寄了回来，他自己穿的常常是从淘宝上买的十几二十几元一件的衣服。过年带回承德的一些特产，只因为惦记着家人们没有吃过，想让大家品尝。

肖路二姑说，这些苦难丰富了肖路的人生，锻炼了他处理问题的能力，从另一个层面也储备了他人生的一笔财富。他用一颗感恩之心回馈着别人给予的爱，虽然这份爱看起来还显得微弱，但他在竭尽全力去做，这让我很欣慰。

肖路现在约了几个要考研的同学在承德一起租房复习。肖路告诉二姑，这样一来可以有一种好的学习氛围，可以随时向大学里过去的老师请教；二来他可在承德打工，挣钱养活自己，不让二姑为他的生活发愁。

肖路二姑说，真的不知道如何报答吴大哥。因为在肖路考上大学时，我们一家真的是到了山穷水尽的时候，如果没有吴大哥帮助，肖路可能真的上不了大学了。这让笔者理解了什么叫雪中送炭。

佩服肖路二姑的担当和奉献精神，家族中发生如此大的变故，她勇敢挑起了养育几个孩子的重担，用微薄的收入，把几个孩子的生活打理得井井有条。她省吃俭用，给孩子物质上照顾，最重要的是，她以一个教师的品德，为孩子点燃了精神的烟火，不让孩子走上无人管教的邪路。

慈善是可感动和感染人的，从物质和精神两个层面同时作用。肖路二姑说，她的精神动力来源于吴学宝，同时也受亲情的感召。

为改变而奋起

平山县下槐镇武元菇的二女儿武惠娟是吴学宝第一个助学对象。当时武元菇的大女儿已上大学了。2008年8月，大女儿暑期回家，武元菇老两口把家里可变成钱的都卖了，好不容易给大女儿凑了两千元，但还需要三千多元。一家人正在为大女儿交学费的事发愁，二女儿武惠娟大学录取通知书又寄到了家中。高考被录取，对很多人家来说，都是件高兴的事，但收到大学录取通知书并没有让武元菇高兴，反而是一家人愁眉不展，当父亲的武元菇更是愁得吃不下饭。

懂事的大女儿看到父母为难，给她准备的学费一分也没拿就返校了，她要回学校找同学们借钱，走时再三叮嘱父母一定要想办法让妹妹走进大学。看到两手空空就返校的大女儿，武元菇夫妇以泪洗面，心如刀扎。从二女儿收到大学录取通知书的那天起，作为父亲的武元菇只好放下手头的工作四处为二女儿借学费。后来平山县团委把武惠娟的事在石家庄电视台《寒门学子》这个栏目报道后，吴学宝伸出了援手，一次送去了一万元学费，解了武家的燃眉之急。

武元菇有三个女儿，当时老大已上大二，老二刚接到大学录取通知书，老三正上初中。对于一个居住在贫困山区的农民而言，每年要凑齐三个孩子的学费是件天大的难事。

为了孩子上学，武元菇长年在外打工，工作也不稳定，有时有活干有时没活干，收入微薄。大女儿上大学后，妻子每天要送二女儿和三女儿，那时家里没钱能让两个孩子住校，每天要走十几里路才能到学校。不住校是因为交不起住宿费和伙食费，虽然在常人眼里不算一笔大开销，但武元菇实在拿不出。那时武家只有一辆老式的二八自行车，妻子用它驮着两个孩子，老三坐在大梁上把两只脚翘起，老二坐在后面。有人笑话说，像在演杂技。

由于家中贫困，有些亲戚把自己孩子和大人穿过的旧衣服送给了他们，五年多全家人没有添过一件新衣服。武元菇年轻时买的一件棉衣穿了十几年，老气的衣服，奇怪的搭配，经常让人笑话。妻子则穿孩子们前几学期的旧校服。有时与孩子走在一起，一看好像一家都是学生。只有等大女儿放假回到家时，武元菇才舍得花钱买肉，让孩子们吃上一次肉。

物质的匮乏，会产生两种结果，另一种是精神极度贫瘠，一种是精神极度富有。贫穷带给武家人的虽然是痛苦、挣扎和被刺伤的自尊，却没有让一家人迷茫。他们从卑微中走来，也从卑微中吸取了养分。一家人没有向命运低头，而是对教育和知识充满执念，他们相信知识就是力量，知识能改变命运，他们相信教育能通向更广阔的一条路。

村里人都说，家境虽然贫寒，从武元菇一家三个孩子的脸上看到的都是阳光，仿佛他们一家所经历的都是晴天，看不到任何阴霾。其实她们自立自强、阳光乐观的精神，正是其父母奋斗精神的折射。

任何先进的教育方式都比不上父母面对生活的态度对孩子的影响深刻。一路走来，武元菇的三个女儿了解父母生活的艰辛，更加热爱生活，因此而变得顽强不息，生机勃勃。

三个孩子后来陆续上了大学，在大学学习期间，学习非常刻苦，成绩一直名列前茅。

现在老大已博士毕业，老二和老三研究生毕业都工作了。历时十二年，武元菇夫妇终于将三个孩子培养成才了。三个孩子未来的人生将绽放出美丽的光彩……

吴学宝十几年的慈善义举，虽然捐助的资金不算太多，但恰到好处地发挥了雪中送炭、解人燃眉之急的作用。他的慈善行为有效帮助了孩子走出贫困，促使他们通过发奋努力改变自己的人生困境，成长为社会有用之才。他的慈善行为还影响了社会群众向善，带动了更多人加入慈善行列，诱发了更多慈善行为。

第十章　永远跟党走

如果我们选择了为人类而贡献出自己的全部的话，那么不管是什么样的阻挠都不可能使我们屈服。因为这阻挠不过是为人类做出的一点小小的牺牲罢了。如果我们选择了这条路，那么我们便不会再沉浸在那贫弱、狭隘与利己主义的愉悦当中，人类的幸福就将成为我们的幸福。我们的所作所为将会静静地，但却是永久地进行下去。在我们死后，我们的骨灰将会在人们高洁的热泪中得到永生……

——马克思

七十四、
心中有歌唱给党听

走进商会党支部工作室，看到墙上规规整整地挂着的党旗，崇敬感油然而生。吴学宝作为商会党支部书记，他把一个非公经济党支部党员活动室建设得有模有样。各种规章制度、党员学习园地、党员读报角、会议室都按上级要求设置俱全，党员学习笔记一本本放得整整齐齐。吴学宝说，非公经济党组织，党员的流动性强，党的阵地健全了，方便了党员参加活动，才能唤起党员的使命感和荣誉感。

吴学宝在业余时间，积极学习党的知识，抓好党支部工作，通过上党课、开展交心谈心活动、组织党员学习，使党员受到潜移默化的教育。同时，组织公益活动、参加社会实践，强化党员的社会责任意识。在商会党支部长期开展"亮身份"，引导党员在经营业务活动中守法经营，以实际行动影响其他从业人员，向社会传递正能量。

吴学宝在商会担任党支部书记是义务劳动，用他自己的话说："我是新中国出生长大的人，看到了党领导中国人民一步一步走向胜利和光明。"他讲自己从资料里看到仅从1921年7月1日到1949年10月1日，就有2100多万革命者捐躯，其中可以查到姓名的烈士仅有370多万，且大都是朝气蓬勃的年轻人。他说："从古以来，中国没有一个集团，像共产党一样，不惜牺牲一切，牺牲多少人，干这样的大事。"

是的，中国共产党人以刻骨铭心的方式把理想和信念植入灵魂，以破釜沉舟的勇气把困厄和挫折踩在脚下，以一往无前的决心把信仰和旗帜高高扬起，"下定决心，不怕牺牲，排除万难，去争取胜利"。

一百年来，我们党团结带领人民抗外侮、斗强敌、平风波、战洪水、防非典、抗地震，治顽疾、化危机、应变局。实践反复印证着一个结论：越是在重大斗争、重大关口，越能彰显中国共产党领导中国人民逢山开路、遇水架桥的决胜意志。

中华人民共和国成立后，面对帝国主义的经济封锁，世界听到了中国共产党的霸气回应："多少一点困难怕什么。封锁吧，封锁十年八年，中国的一切问题都解决了。"

抗美援朝战争，面对战争威胁，世界感受到了这个政党的坚定意志："帝国主义侵略者应当懂得：现在中国人民已经组织起来了，是惹不得的。如果惹翻了，是不好办的。"

改革开放之初，难题丛生，世界看到了这个政党的毅然决然："没有一点闯的精神，没有一点'冒'的精神，没有一股气呀、劲呀，就走不出一条好路，走不出一条新路，就干不出新的事业。"

新时代新征程，世界见证了这个政党的百折不回："当严峻形势和斗争任务摆在面前时，骨头要硬，敢于出击，敢战能胜。"

这都是共产党带领我们走出来的路，吴学宝是经历者和见证者。有一次，笔者与吴学宝谈到中国共产党的光辉成就时，他兴奋地唱起"唱支山歌给党听，我把党来比母亲……"看着他陶醉的深情歌唱，笔者感到了他内心深处对党的恩情和眷恋。

在吴学宝的一摞荣誉证书中，有中共中央组织部为他颁发的一张荣誉证书上写着：吴学宝同志自愿捐款计人民币一千元，用于支持新冠肺炎疫情防控工作，特致感谢！时间是 2020 年 3 月 25 日。问到他捐款的事，他说，中国共产党是一个有九千万党员的大党，新冠肺炎疫情暴发后，自己首先想到听党和政府的统一指挥，主动到社区值班，捐款虽然不多，但这么多党员捐款就能形成一股强大力量，就没有战胜不了的困难。在战"疫"期间，全党和全国人民使疫情得到控制，向世界展示了社会制度的优越性，突显了中国力量。自己作为一名党员感到无比骄傲。

吴学宝的话语饱含对党的信任，充满了深厚的感情。同时，他以行动证明了自己作为一个普通党员的榜样力量。

图10-1　2020年为支持新冠肺炎疫情防控工作捐款后，中共中央组织部为吴学宝颁发荣誉证书

七 十 五

心简单，世界就是童话

一个安静的冬日上午，笔者再次见到了吴学宝。他居住的这套房子，朝街开了门店，进到里间，屋里贴着东墙放了一张双人床，床前摆了一套茶几，还有一张老式的双人沙发，在屋的西南角，放了一套厨具。就这样构成了他简单的家。从这简陋的陈设看，要是初次来还以为是一个城市低保户，让人想不到这家的主人能把一辈子挣的钱大部分捐赠给了更需要帮助的人。带着种种疑问，笔者坐下来，一边喝着茶，一边与吴学宝聊天，想探秘他的精神动力。

为什么要选择做慈善？

当我的生活温饱解决了，觉得自己有能力去帮助别人时，就想去做慈善，做慈善是社会责任，能净化人的心灵。送人玫瑰，手留余香，这也是人生的一种态度和境界。

您又不是富人，自己过得如此简朴，为啥还去帮助别人？

慈善不光是富人的事，我的确不是富人，但比起小时候的生活，现在是越来越好了，我认为其实人的一生中，只要你不奢侈生活，所需并不很多。现实中还有生活困难的人，我觉得应该去帮助他们，再说，我也是做的一些小事，勿以善小而不为嘛。

您在不在意别人如何看待自己？

现实中，有人说我傻瓜，但我不在乎。走慈善之路不要因为别人影响你，首先你可以直接去做，对于某些人你可以把钱直接交到他们手上。只要你的心是善良的，对错都是别人的事。

做慈善图什么呢？

慈善是付出，怀有功利心，那样就与慈善背道而驰了。做慈善不讲目的，不讲回报，我从来不问人家怎么样，我觉得应该帮就用心去帮了，说到就一定会做到，看到别人得到帮助时，那种平和与满足可能是一种更大的收获。心简单了，世界就是童话。慈善让人心安，这就是我所图的。

您如何看待一个党员做慈善呢？

现代社会人们痛陈道德缺失带来的人与人不信任和社会不安全感。我觉得要坚持依法治国和以德治国相结合，同时要推动公民道德建设。党员应该主动站出来，发挥旗帜作用，积极带头参加公益活动，传递正能量，树立党员在引领社会风尚、社会道德方面的先锋模范作用。我虽然是一个普通党员，但我相信自己能为慈善发份光，献份热。

做慈善需要金钱和财物，还要精力和时间，您有没有觉得与生活冲突？

做慈善不是做给别人看的，而是发自内心，真正觉得很愿意去做，而且把慈善作为生活的一部分。只要心存大爱，慈善就会慢慢成为生活的一个习惯，一个部分。

在慈善的路上，您能坚持多久？

慈善没有止步，每天都是新的起点，只要有生命在这儿，慈善就不断。生命不息，慈善不止。我要坚持到我做不动，直到生命结束。

做慈善不要搞设定，随遇而做。

做慈善是细水长流的做法。自己的慈善之路，不去攀比，也不盲目地跟随，我按照自身的条件量力而行，我终身会把慈善作为我的事业。"善与爱"存在于每个人的内心，每个人都有的，我用一种思想、一种行为影响身边的人，现在带着一些志愿者们，把"爱"激活起来了，我认为这是一个进步，非常开心。

从吴学宝所作所为，我们看到做慈善付出真情实爱，造福社会大众，看到了崇高，看到了他身上散发着人性光辉。从他的言语中，感受到他的心灵之纯粹，精神之高尚。

冬日虽然寒冷，但吴学宝的精神之火让人暖心。谈得正热烈时，他接到石家庄市慈善总会工作人员电话，说要去赞皇山区参加总会的助学走访慰问活动，他不顾自己腿疼欣然答应前往。经过近两小时车程到了赞皇县土门乡，他走访了新桥小学二年级学生马浩瀚家。马浩瀚家位于半山腰，车开不上去，只好步行。吴学宝拖着病腿，每走一步都很吃力，好不容易，才走到马浩瀚家里。看到马浩瀚家低矮的院墙，破损的房屋，年迈的爷爷，吴学宝又慷慨解囊为山区的困境孩子捐款。他指出做慈善，要从"心"出发，带着感情去给予和关怀。

吴学宝是 2020 年 6 月当选为石家庄市慈善总会副会长的。他要求慈善总会今后要通过多种形式发动更多的爱心企业和个人关注贫困山区因各种原因陷入困境的儿童，切实解决这部分孩子的实际困难，帮助他们走出困境。并祝福孩子们茁壮成长、学业有成。

走在吴学宝身后，看到他病腿行走得很是艰难，感到他随时都有可能倒下一样，但看到他谈笑风生沉醉在慈善之中的样子，笔者明白了：人心之敏感，只可意会，不能言传的有很多。

七十六、

永远的心愿

2020 年 9 月 29 日下午，国庆节到来之际，吴学宝来到了建安街道办事处，在石家庄市长安区建安街道办事处党工委的办公室，找到了建安街道党工委组织委员刘张力，说要交五千元的党费。刘委员一听他交党费数额较大，便仔细问他交党费的原因。

来办事处交党费时，吴学宝找过华平社区党支部书记王燕霞，听说他要交如此多的党费，社区从未有过，只好让他交到办事处党工委。

在建安街道会议室组织委员刘张力接待吴学宝，又找来了街道党工委副书记侯勇顺，通知了吴学宝所在社区党支部书记王燕霞，人大常委会主任李沈。一起见证吴学宝交纳大额党费。

在办理手续之前，副书记问吴学宝为什么要交大额党费。吴学宝心情激动地说："我是生在新社会，长在红旗下的一代人，经历了祖国建设发展，特别是看到新中国成立七十多年来，祖国发生了翻天覆地的变化，觉得这一切都是因为有伟大的中国共产党的领导，才取得这样的辉煌成就，我们今天才过上了这样幸福的生活。过去我搞资助学生，搞扶贫，今年我国所有贫困县在党的领导下脱贫，吃水不忘挖井人，幸福不忘党的恩。所以我想多交些党费表达对党的热爱。"

社区党支部书记王燕霞在一旁向办事处领导们介绍了吴学宝搞慈善的一些事，听完汇报办事处党工委副书记侯志勇问吴学宝今后是否还继续做慈善。

吴学宝说："这些年，党中央搞扶贫，农村都脱贫了，农村贫困学生上大学都有了政策保障，我在感到欣慰的同时，也知道可能以后需要帮扶的人不会太多了。再说了本人身体越来越差，行动不便，做慈善行动上受局限了。基于这些原因，为了表达自己对党和国家的热爱，所以决定今后每年在七一前夕，向党组织交五千元大额党费，以表达自己作为一个普通党员跟党走的决心。"

听了吴学宝的话，街道和社区几位领导都为吴学宝的精神赞叹，于是给他专门颁发了荣誉证书。荣誉证书上写着：

吴学宝同志：

大额党费交给党，以党心践行初心。感谢您缴纳的伍千元大额党费，向新中国成立71周年献礼！

建安街道党工委

2020年9月

为了纪念这个激动的时刻，街道办事处和社区领导与吴学宝在会议室立此成照。

在吴学宝的心中，在他口中总是念念不忘党的恩情，他逢人便说，人们能过上现在这样幸福的生活，是因为中国共产党时刻没有忘记人民，人民离不开中国共产党的坚强领导。

是的，世界上很少有这样的政党，能够真正把"人民至上"作为自己的价值追求。对于中国共产党来说，一切为了人民是永不褪色的赤子情怀，一切依靠人民是永远立于不败之地的力量源泉。

图 10-2　2020 年国庆节前夕，吴学宝向党组织缴纳大额党费五千元，并与相关领导合影留念

2021 年 6 月 23 日下午，吴学宝到所在建安街道办事处，上交了 1 万元大额党费，表达对中国共产党成立 100 周年的真挚祝福，并希望为党的事业尽一份绵薄之力。

他说中国共产党成立 100 周年是个特殊的日子，他以上交大额党费的形式，表达一位党员对党深深的祝福与感谢。作为一名党员，自己将继续坚定理想信念，筑牢初心使命，永远听党话、跟党走，为党的事业发展积极贡献力量。

图 10-3　2021 年建党一百周年之际，吴学宝向党组织缴纳大额党费一万元

同时，吴学宝表示以后每年要向党组织交纳一次五千元的大额党费。

这是初心，这是誓言，这是未来。我们有理由相信吴学宝以卑微的身份担起一个共产党员的重大职责。

七十七、
白天的星星

岁月流逝，铅华洗尽。吴学宝一个普通人为慈善写下了辉煌诗篇。

他从做第一件慈善事，至今已坚持了十三年，捐款捐物多达 100 多万元。他先后多次被河北省委宣传部、河北省委组织部、河北省精神文明建设委员会办公室评选为"河北省优秀志愿者""石家庄市优秀志愿者""石家庄爱心人士"，被河北省精神文明建设委员会办公室命名为"石家庄市精神文明公民标兵"。他曾资助的寒门学子上了大学，有的读了研究生、有的读了博士，个个都成了社会有用人才。

而今，吴学宝自己组建了爱心志愿者团队，他当选了石家庄市慈善总会副会长。岁月无情改变了他的青春容颜，留下了一身沧桑，不变的是他的慈善初心。

2020 年 11 月 28 日，北国股份、石家庄电视台新闻综合频道《民生关注》栏目携手石家庄市慈善总会共同举办 2020 年"幸福冬天·爱暖全城"公益活动在北国超市益元店正式启动。自 11 月 28 日起至 12 月 6 日期间，北人集团通过石家庄市慈善总会向裕华区、长安区、桥西区、新华区及高新区的 7171 户低保家庭捐赠 100 万斤爱心大白菜，并在北国超市 30 多家门店进行社会化发放。石家庄市慈善总会副会长吴学宝，石家庄电视台编委、新闻综合频道总监韩涛，北国超市事业部营销处处长王若惠出席仪式并讲话。

那天活动现场，一大早就有市民拿着低保证件来排队了。北国超市工作人员按时到位，各司其职，引导、签到、登记、搬运……整个发放活动并然有序地进行着。排队领菜的过程中，不少市民闲聊起来。"太好了，这大白菜真是新鲜，今冬不再为买白菜发愁了，可解决我们的燃眉之急了。""前两天，我就接到通知说可以来领取免费白菜了，白菜送得非常及时，感觉很温暖、很幸福。""这些白菜够我们吃一冬了，非常好，对我们特别有帮助。"大家你一言我一句倾诉着感激之情，活动现场一片温馨、祥和的景象。

启动仪式上，与会领导现场为受助家庭代表发放了爱心大白菜。市慈善总会副会长吴学宝讲话时指出，十二年来，北国股份始终不忘初心，用大爱之举惠及石家庄百姓。年年都捐赠出一批批爱心物资，帮助困难群众。爱心活动还在继续，他还呼吁更多的爱心企业和社会各界人士积极投入慈善活动中来，让石家庄这座城市更暖心、更有爱！

活动现场，吴学宝忍受着病痛折磨，为市民发放白菜，一直工作到下午1点多钟。吴学宝做慈善事是不分场合，不管有没有人关注的，他只要觉得能帮助别人，他就去做，默默无闻。

笔者想到了白天的星星，在阳光灿烂的日子，在黑云压城的日子，只要我们愿意抬头，那些星星是什么也挡不住的，假如我们不愿抬头，只要心里想一想，那些星星也依然闪烁着光芒。天上的星星永远不会消失，星星会告诉我们什么叫心灵和生命，使我们对生命和生活充满积极的态度。可以说吴学宝这样的人就像白天的星星，无时无刻不以慈善的名义在人们的生活中闪耀着光辉。

这样的人性该怎样审美？这样的慈善该如何抒发？作为一个慈善的见证者，笔者只想说没有人能熄灭满天星光，只想用自己的笔记录下一颗黄金般的心。我想即便文字有时不是朗月，也不是骄阳，但如果它能化为满天星光也是好的。文字的使命是描写这个世界的一些事情发生之时，人所展现的良心、良知、大善和大爱；文字的任务是表现这个世界的种种荣光来临之前，人所经历的疼痛、呻吟、羞耻与挣扎。

为平凡而歌，为慈善而歌。

图 10-4 吴学宝当选石家庄市慈善总会副会长，参加爱心活动，向低保家庭分发爱心大白菜

没有结尾的尾声

2020 年中国经历了疫情考验，时间刚进入 2021 年，当人们期待"牛"转乾坤时，石家庄突然暴发了疫情。

自 1 月 2 日石家庄报告新增本土病例后，立即进入全民防疫控疫状态。为更好地防控疫情蔓延，石家庄市政府决定自 1 月 6 日起，用三天的时间为石家庄 1100 万常住人口进行全员核酸检测，以阻断疫情的传播扩散。

疫情就是战情，在建安街道党委的号召下，在华平社区党支部的带领下，石家庄市工商联殡仪服务行业商会党支部的党员志愿者团队第一时间向社区领导报名，吴学宝带领同事们作为志愿者挺身而出、义无反顾，冲锋在疫情防控第一线，配合医务人员，群防群治筑起了抗击疫情的坚固防线，防止疫情输入。1月6日志愿者早早就赶到了核酸检测点上岗，为居民们当好守护神。

因为检测任务重、体量大、时间紧，白天检测不完，医护工作者们需要晚上加班为社区群众进行检测。当时石家庄寒风凛冽，气温降到了零下16℃，为了防止医务人员和被检测群众受冻，吴学宝将商会党支部党员活动室腾出来作为核酸检测点使用。同时，他将商会党支部党员组成了党员志愿服务队，帮助核酸检测维持秩序、人员登记等。他还为长安区建安街道办事处送去了100套防护服和1000副一次性乳胶防护手套，为华平社区居委会送去了1000副一次性乳胶手套和2000个一次性防护口罩，同时还给社区各执勤卡点送去了砂糖橘、苹果、香蕉等慰问品。他说："希望能为奋战在一线的工作者提供一点绵薄之力，愿他们战疫情的同时，也能保护好自身的安全。"

吴学宝因为髌骨坏死，行动极不方便，但他忍受着病痛折磨与医务人员一起战斗。做核酸检测的医生们得知吴学宝身体有病时，都劝他回家休息，可吴学宝说，疫情是全市人民的灾难，在大灾大难面前，自己不能退缩，自己是党员，党员就应当在关键时刻站出来。他还带着党员吉广清、杨军刚、康保龙、尹伟、杜亚巍等走在了抗疫前沿，成了勇敢的"逆行者"，守护着老百姓的生命安全。

他就这样一直坚持，一个月时间过去了。当石家庄恢复了正常生活，他才离开了志愿者的岗位。

有一种人生叫奉献，有一种奉献叫坚持，有一个种坚持叫美丽。2021年1月11日，石家庄启动了全民第二次核酸检测，吴学宝再次加入社区检测点维持秩序。

奉献是人类最高行为境界，我们无法度量，也无法用金钱来衡量。吴学宝在这次疫情中，战斗了一个多月。一个多月，在人生中虽不算长，但是吴学宝是一个髌骨坏死患者，在零下十几度的严寒中，在凛冽的北风中，他的每分钟都忍受着巨大痛苦。是什么在支持他，是奉献精神，是怀着对人类的慈爱之心在支持他，是一个共产党员的初心在支持他。

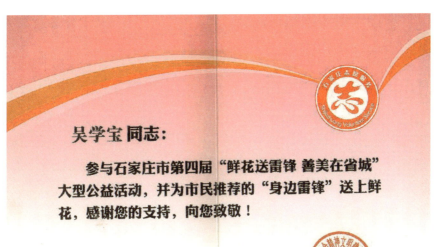

图 10-5　吴学宝在"鲜花送雷锋，善美在省城"大型公益活动中，被市民推荐为"身边雷锋"

图 10-6　吴学宝被评为 2017 年度"石家庄市优秀志愿者"

图 10-7　2010 年吴学宝被命名为"石家庄市文明公民标兵"

图 10-8　吴学宝获得"2019 年度爱心人士"称号

图 10-9　2019 年吴学宝入选"河北好人榜"

图 10-10　河北省委宣传部、河北省委组织部等十六部门联合评选吴学宝为"河北省优秀
志愿者"

图 10-11　2019 年，吴学宝荣获"全省优秀志愿者"称号

高邑县一对年轻夫妻主动撑起两个家，对患有抑郁症的大哥的儿子倾心呵护。他们艰辛照顾两个家庭三个孩子并赡养体弱多病的父母的事，感动了《燕赵晚报》读者及网友。面对着千余斤笨鸡蛋滞销的窘境，省会众多的爱心人士纷纷伸出援助之手。仅两天，大爱汇集成海，助他们一家人渡过难关。2021 年 5 月 27 日上午 9 时 30 分许，位于高邑县中韩镇中韩村的一家养鸡场内，来自省会的爱心人士吴学宝、杨军刚、尹伟、常智博冒着高温前来认购笨鸡蛋。

"《燕赵晚报》报道你们的事情后，我们被你们夫妻的坚强感动。你们撑起两个家，还照顾着两个家的三个孩子，对父母也很孝顺，挺不容易。"一边说着，几位好心人开始帮王照伟、任西美夫妇装笨鸡蛋。

"太感谢了！你们帮我们解决了难题，必须要感谢《燕赵晚报》的牵线搭桥及帮扶。"任西美微笑着说。

随后，几位好心人和这对励志夫妇开始了忙碌。"装笨鸡蛋，打捆，搬上车。"40 多分钟的忙碌过后，大家大汗淋漓。此时，250 公斤的笨鸡蛋已被认购完毕。

"我再认养 5 棵樱桃树吧，反正家人们也爱吃。"随后吴学宝递上现金，任西美更加感动了。

"真不知道说啥好，还是要感谢大家！"为了保证货真价实，这两天，这对夫妇加班加点将最近去鸡棚收的新鲜鸡蛋售给了广大好心人。

2021 年 5 月 31 日上午吴学宝及爱心人士等先后来到位于长安区及新华区的两家养老院，将买来的鸡蛋又分别向两家养老院的老人们捐赠了各 75 公斤。

"感谢你们的爱心，我们会努力为这里的老年人服务好，并照顾好他们的生活。"新华区一家养老院的负责人王俊海表示。"作为一名党员，我会继续坚持将公益做下去，扶危济困，尽一份责任，践行为民初心。"吴学宝说。

2021 年七一前夕，吴学宝被长安区委评为优秀共产党员。我们有理由相信他将坚守初心，担当使命，在普通岗位上发挥更多的光和热。

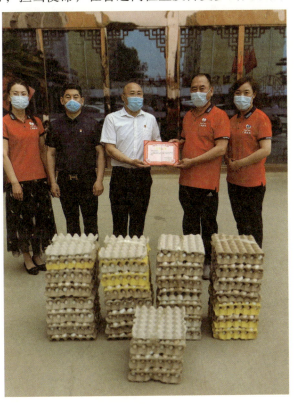

图 10-12　吴学宝向石家庄一家养老院捐赠鸡蛋

后记　生命的方向

经过一年多的采访写作，在接触吴学宝的时间里，我发现他经济上并不宽松，生活并不富裕。然而，他选择了慈善，并执念满腔，就像最近看到他在寒风中做防疫志愿者一样，表情坚毅，目光坚定。

通过写这本书，更多地引起了我对生命意义的思考。

如果一个人总是目光看着自己的脚下，去寻找方向，那么，他肯定将因脚下驳杂的颜色和轮廓而迷失方向。反之，将视线投向远处，他看到的颜色和轮廓也就相对简单，天空、地平线、田野、森林等景象就为他呈现和确定要去的方向。人生亦然，假使一味追求个体生命动物性的眼前的满足，那么生命的意义必将丧失。然而当个体生命敢于为其他人的幸福着想，并付出爱心时，那自己将获得更有价值的人生。

最近我读了俄国作家列夫·托尔斯泰的《人生论》，发现书中的人生观与吴学宝的有相似之处。在《人生论》这本书中完整而详尽地解答何谓人生，人应该如何活下去，这些备受世人瞩目的问题。书中作者首先提出人的基本矛盾，也即个体的"我"与大众，物质的"我"与精神的"我"的种种冲突，推及人类生命意识觉醒，批判伪哲学家的误导，剖析生命的理性，归结到"爱是真正的生命唯一充实的活动"。书中所阐述的思想归根结底，用一个"爱"字道尽。也就是说，人应该让肉体与栖宿于肉体的动物性意识从属于理性。人必须遵循理性活下去。经过自我否定，经由爱，将人从生存竞争中拯救出来，托尔斯泰将生命放置在一个较远的背景里，让我们看到生活的简单脉络，辨认生命的方向。

人降生之初，就被撒旦那双充满诱惑的手接生，欲望像海水一样越喝越渴，所以生活中，我们常听到这样的声音：我的生命就是为了追求幸福，获得财富、权力、荣誉、名声、奉承、陶醉等等。发出这种声音的人还美其名曰：自我意识觉醒。这种声音是可怕的。托尔斯泰说："那也是不可能的。"作为个体生命又怎样获取人生的幸福呢？托尔斯泰指出："只有当所有的人都爱别人超过自己，那时幸福对你来说就是可能的了。"如果不这样，你可能还会追求到享乐，但你是得不到幸福的。

当今的物质条件和社会环境培养出来的人，具有过分发达的，太强的欲望，个人意识相对膨胀，可以将爱情压缩成性，友谊简化为金钱，道义贬值为等价交换。人在追求一己之欲时，苦难被超越，思想被牵引，感情被解放，生命在催化条件下被超越，被迫早熟，有的人在为自己的幸福而不择手段地索取。托尔斯泰早就提出忠告，我知道，被你称为享乐的那些东西，只有当你不需要自己去争取，而由别人给你的时候，它们对你才是幸福的。当你还需要自己去攫取它们的时候，你的享乐就是过分的，就是痛苦的。

那么，我们怎么使那些迷茫的生命觉醒？托尔斯泰有个好主意，那就是从"我无所谓，我什么也不需要"这句话开始。他还进一步说明，如果每个人都试一试，哪怕只试一次，就是在你对别人怀着敌意的时候，你从心里真诚地对自己说："我无所谓，我什么也不需要。"只要真的什么也不需要，哪怕只是暂时的，每个人都会由于内心朴素经验而认识到，随着个体需要的真诚弃绝，所有的敌意一下子都消失了，原本禁锢在心里的对所有人的好意就会像泉水一样地涌出来。

出身贵族，拥有伯爵身份的托尔斯泰，其成就和影响堪称傲视群伦，完全可以以贵族的身份，醉生梦死度过享乐的一生，他用生命实践了人生的意义，用爱的行动，为我们寻找生命的方向。他下结论说，人不能只为自己而活，不可只想着自己的幸福而活，必须为他人、为人类全体的幸福而活。如果人都只想着自己的幸福，那么那样的希望就是互相冲突，所以人人根本不可能会幸福的。也就是说怀着爱，怀着理性活动的爱，为全体的善而活才是人生最高境界。只有那样，才会有真正的幸福。

这就是托尔斯泰为我们指出的生命真正的方向。

其实，我们活着的每个人都无从知道自己的生命有多长，但知道生命是个定数，活一天就少一天。对于生命我们无力预期和主宰，但怎样花销这零碎的组成我们生命的每一天，却是由我们自己全权做主的。

生命的秋天里，画家留下了画，诗人留下了诗，音乐家留下了不朽的音乐，更多的人却只留下了影子，就像鸟儿在窗前飞过，转瞬即逝。

在这里需要交代一下的是，吴学宝后来见到了自己的亲生母亲，并于2021年以长子身份送别了亲生母亲。而此时，生活的磨难和从事慈善的经历，早已使得吴学宝对童年时期缺乏母爱一事没有了任何怨言,他心中满是对母亲和家人的感恩。吴学宝用自己的手艺送别了母亲,想必母亲也应没什么遗憾。

目前,吴学宝不仅担任石家庄市工商联殡仪服务行业商会会长,石家庄市工商联殡仪服务行业商会党支部书记,还被推选为石家庄市慈善总会副会长,河北省殡葬行业协会常务理事,河北省殡葬行业协会殡仪服务委员会副主任等,心怀一颗金子一样的心奋力在慈善路上前行。

吴学宝以慈善的名义担当家国己任,我们看到的是他满腔热情,作为一个慈善参与和践行者,他为我们树立了一个生活坐标,也为我们指示了一种生命的方向。